Diogenes Taschenbuch 22926

de
te
be

für Ulli
von Susi
3.3.01

Jedesmal gegenwärtiger.
Als würde ein reißender Blitz
an meine Brust dich tragen.
Wie ein langsamer Blitz,
langsam.
Jedesmal abwesender.
Als würde ein ferner Zug
meinen Leib durchfahren.
Als würde ein schwarzes Schiff,
tiefschwarz.

Miguel Hernández

I

Zur Zeit der Militärdiktatur geriet ein Bürger der Stadt Montevideo, Eduardo Cauterucci Pérez, in helle Aufregung. Als er nämlich am 19. August 1976, gegen acht Uhr abends, in die Hauseinfahrt einbog, entdeckte er in einer Nische neben seiner Wohnungstür, in der Straße Manuel Calleros Nummer 4945, eine Plastikschüssel, in der, unter einem leeren Stoffsack, ein wenige Wochen altes Kind lag. Um den Hals trug es ein Schild mit folgender Aufschrift: »Ich bin am 25. Juni geboren mein Name Marcelo Alejandro. Bitte habt ihn sehr lieb. Danke verzweifelte Mutter.«

Ohne lange zu überlegen, packte der Mann die Schüssel und trug sie ins Haus. Im Schlafzimmer nahm er den Knaben, der ihn mit großen Augen ansah, in seine Arme, legte ihn aufs Bett und holte in aller Eile zwei Nachbarinnen zu Hilfe, die Schwestern Walquiria und Argelia D'Amato. Wenig später traf auch Cauteruccis Frau Elaine Lima ein, und nachdem sie sich überzeugt hatten, daß das Kind soweit gesund sei, verständigte Cauterucci einen alten Bekannten, den Wachtmeister Ledesma vom 16. Polizeirevier. In Begleitung von Walquiria D'Amato und Elaine Lima brachte Ledesma den Jungen ins Waisenhaus der Stadt.

Dort wurde er vom Kinderarzt Dr. Carlos Queirolo eingehend untersucht. Queirolos Befund zufolge handelte es sich um einen Säugling mit leichter Dystrophie, optimal entwickelt, von unauffälligem Verhalten. Anders als in ähnlich gelagerten Fällen, mit denen er sonst befaßt war (jährlich wurden in Montevideo vier bis fünf Babys ausgesetzt), war der Zustand des Kindes überaus zufriedenstellend. Das überraschte den Arzt; der Junge muß bisher gut gehalten worden sein, meinte er, Spuren körperlicher oder seelischer Verwahrlosung könne er nicht erkennen. Deshalb falle es schwer zu glauben, daß seine Mutter ihn einfach weggelegt habe. Er sei lebhaft und zeige sich an seiner Umgebung stark interessiert, wohingegen Kinder aus einem aggressiven Umfeld fast immer passiv und apathisch wirkten.

Gerührt wohl auch vom Zufall, der es gerade ihnen zugeführt hatte, hätte Elaine Lima das Kind gern behalten. So bekräftigte sie an Ort und Stelle ihre Bereitschaft, den kleinen Marcelo Alejandro an Kindes Statt anzunehmen. Ledesma, der selbst einen Augenblick lang mit dem Gedanken spielte, den auffallend hellhäutigen Jungen seiner Frau mitzubringen, erklärte ihr, sie müsse dieses Ansinnen beim zuständigen Pflegschaftsrichter deponieren. Schon am nächsten Tag wurde Frau Lima in dieser Angelegenheit bei Gericht vorstellig, wo man sie jedoch um etwas Geduld bat. Bei ihrer zweiten Vorsprache, eine Woche später, erfuhr sie, daß der Junge bereits einem anderen Ehepaar zugesprochen worden sei. Auf ihre empörte Frage, weshalb man sie übergangen habe, erhielt sie die Auskunft, gemäß den üblichen Gepflogenheiten sei jenes Paar, da es kinderlos sei, auf natürlichem Weg nie Kinder haben könne und seit langem auf der Warteliste stehe, vorzuziehen gewesen. Sie möge diese Entscheidung nicht als mangelndes Vertrauen in ihre Fähigkeiten deuten; sicher wäre sie als Pflegemutter bestens geeignet, auch sei sie von untadeligem Leumund, doch habe sie ja leibliche Kinder und hindere sie nichts daran, selbst für weiteren Nachwuchs zu sorgen.

Elaine Lima, die in der Vorfreude auf ein neues Mitglied der Familie die Babywäsche ihres jüngsten Kindes hervorgeholt hatte, war enttäuscht, fügte sich aber in den Lauf der Dinge. Deshalb blieb ihr von der Episode nicht mehr als die allmählich verblassende Erinnerung an einen turbulenten Abend, und Cauterucci bedauerte es, daß er nicht daran gedacht hatte, das Findelkind in den Armen seiner Frau zu fotografieren.

In Montevideo, nicht allzu weit vom Fundort entfernt, lebte bis ins Jahr 1973 auch eine junge Frau namens Sara Méndez. Aus bescheidenen Verhältnissen stammend, hatte sie nach der Mittelschule einen Bürokurs absolviert. Zwar verspürte sie wenig Neigung, einen kaufmännischen Beruf auszuüben, war jedoch bemüht, die Eltern, die noch drei weitere Kinder großgezogen hatten, finanziell zu entlasten. So arbeitete sie untertags als Kanzleikraft bei einem Rechtsanwalt, später als Kassiererin in einem Friseurladen, während sie abends den Vorstudienlehrgang für Medizin besuchte. Im ersten Jahr aber brach sie das Medizinstudium ab, um sich zur Volksschullehrerin ausbilden zu lassen. Deshalb wechselte sie auf die Pädagogische Hochschule, wo die Studenten mit einigen Lehrern übereingekommen waren, in mehrwöchigen Praktiken ihre künftigen Arbeitsbedingungen in den Schulen auf dem Land, speziell den entlegenen Gegenden im Norden, und am Rande der Hauptstadt zu erkunden.

Im Zuge dieser soziopädagogischen Missionen, wie die Ausflüge in eine den meisten Studenten unbekannte Welt der Not und Verlassenheit genannt wurden, glaubte Sara zu erkennen, daß es nicht damit getan sei, den Kindern während des Unterrichts mit Vertrauen und Geduld zu begegnen. Das Wissen, das sie ihnen beibringen sollte, ließ sich für ihre spätere Tätigkeit als Tagelöhner oder Lumpensammler kaum nutzbringend verwerten, und die Zuwendung und Güte, mit denen die jungen Aushilfslehrer ein paar Wochen lang ihre Zöglinge verblüfften, erwiesen sich als wirkungslos, solange jenseits der Schulmauern Gesetze galten, nach denen sich die Schwachen nur durch Gewalt gegen ihresgleichen behaupten konnten. Überzeugt, daß dem abzuhelfen sei, kehrte Sara von ihrer ersten Mission nach Montevideo zurück. Sie beteiligte sich an den Streiks und Demonstrationen der Hochschüler, deren

Forderungen in jenen Jahren über materielle Vergünstigungen, praxisnahe Ausbildung, Reform der Lehrpläne und Kontrolle der Finanzgebarung hinausgingen. Viele Studenten ihres Jahrgangs hatten konfessionelle Privatschulen besucht, in denen sie gezwungen waren, sich einer scheinbar ewig gültigen Ordnung zu unterwerfen. Aber ihre Lehrer lieferten ihnen, teils ungewollt, auch das Rüstzeug, gegen diese Ordnung aufzubegehren, und weckten in ihnen den Willen, sich nicht mit den Regeln der Habgier abzufinden.

Uruguay, das dank des Elans und der Weitsicht seines Präsidenten José Batlle y Ordóñez seit Anfang des Jahrhunderts als die Schweiz Südamerikas angesehen wurde, stürzte durch die fallenden Weltmarktpreise von Fleisch, Wolle und Leder, die Konkurrenz von Billigproduzenten und das Versäumnis der wirtschaftlichen Elite, eine größere Streuung der Warenproduktion zu erzielen, in eine tiefe Krise. Um ihre Gewinne zu halten, hinterzogen Viehzüchter und Gefrierfleischexporteure Steuern, betrieben organisierten Schmuggel und verwandelten ihre Betriebe in Filialen ausländischer Trusts. Der Geldentwertung, die von der Oligarchie durch Preistreiberei, Kapitalflucht und Unterfakturierung ihrer Exportgüter hervorgerufen wurde, versuchte die Regierung mit einem strikten Sparprogramm, mit Lohnstopp und Rücknahme der für den Kontinent beispiellosen Sozialgesetze Herr zu werden. Dagegen wehrten sich die Gewerkschaften, und zahlreiche linke Gruppierungen erstarkten, von denen die Nationale Befreiungsbewegung der Tupamaros unter Uruguays rebellischer Jugend das höchste Ansehen genoß.

In dieser Zeit war Sara überzeugt, daß nur ein radikaler Wandel, notfalls mit Gewalt, imstande sei, Verhältnisse zu beseitigen, die zu ihrem Fortbestand immer wieder Armut schaffen mußten. Mehr aus Zufall denn aufgrund einer wohlbedachten Entscheidung trat sie der Anarchistischen Föderation Uruguays bei, die 1968, unter der Regierung des Präsidenten Pacheco Areco, verboten wurde.

Saras erste Tätigkeit für die Föderation bestand darin, Material für eine Biographie des legendären Anarchisten Simón Radowitzky zusammenzutragen. Sie machte sich mit Feuereifer an die Arbeit, blätterte in vergilbten Zeitungen, ließ sich Bücher und Broschüren aus Argentinien kommen und befragte Veteranen der Arbeiterbewegung, die sich der ungeheuren Erregung erinnerten, mit der sie Radowitzkys Schicksal verfolgt hatten.

Simón Radowitzky war im Mai 1909 wegen eines Bombenanschlags auf den Polizeichef von Buenos Aires zum Tode verurteilt worden, aber nach Bekanntwerden seines Alters – er war zum Zeitpunkt der Tat noch minderjährig – hatte das Gericht die Todesstrafe in lebenslange Kerkerhaft umgewandelt. Im berüchtigten Zuchthaus von Ushuaia, in Patagonien, hielt

Radowitzky an seinen Idealen fest; er ertrug gleichmütig die schlimmsten Qualen und war seinen Mitgefangenen, die ihn beinahe abgöttisch verehrten, ein scheuer Wohltäter. Als er nach zwanzig Jahren begnadigt und auf Lebenszeit aus Argentinien abgeschafft wurde, ging er in Montevideo an Land. Auch hier war er den Nachstellungen der Behörden ausgesetzt. Er stand unter Hausarrest, wurde in Schutzhaft genommen, dann auf eine Insel verbannt. Das Weltgeschehen der versäumten Jahrzehnte nahm er bald verwundert, bald entrüstet zur Kenntnis. Noch einmal entflammte seine Hoffnung auf eine Gemeinschaft von Gleichen, in Spanien, wo sich die Arbeiter gegen die putschenden Militärs zur Wehr setzten. Er kämpfte auf seiten der Republik, erlebte die blutigen Auseinandersetzungen innerhalb der Linken, suchte nach der Niederlage Zuflucht in Frankreich, dann in Mexiko. Dort starb er, unter falschem Namen, den zufälligen Tod eines Anarchisten: an Herzversagen, im Bett. – Die einzige Lebensskizze, die Sara ausfindig machen konnte, schloß mit den Worten, Simón Radowitzky sei eine jener Gestalten, die uns zeigen, wie widersprüchlich das Leben der Menschen verläuft. »Er tötete aus Idealismus. Was für ein Gegensatz! Das Böse und das Gute, das Feige und das Heldenmütige. Die hinterhältige Tat, begangen aus reiner, edler Gesinnung.«

Saras Arbeit blieb unvollendet. Es gab, angesichts der Streiks und Aussperrungen, Dringlicheres zu tun, als den Spuren eines halb Vergessenen zu folgen. In der Illegalität war aus der Anarchistischen Föderation ein neues Bündnis entstanden, Resistencia Obrero-Estudiantil, das Arbeiter und Studenten im Widerstand gegen die von der Regierung verfügten strengen Sicherheitsgesetze zusammenführen wollte. Ihm gehörte, als führendes Mitglied, der Architekturstudent und Keramiker Mauricio Gatti an.

Mauricio, knapp drei Jahre älter als Sara, war klein und stämmig. *El gordito*, Dickerchen, nannten ihn seine Freunde, und an der Universität war er *Der Rote*, nicht nur der Haarfarbe wegen. Mit siebzehn war Mauricio von zu Hause ausgezogen und hatte in einem Keller sein Atelier eingerichtet, in dem sich allabendlich Studenten, Musiker, Weltverbesserer die Köpfe heiß redeten. Mauricio war bekannt für seinen Witz und sein Temperament, wenn er Musik hörte, begann er den Takt zu trommeln, auf einem Buch, einer Keksdose, auf der Tischplatte. Seine Unsicherheit verbarg er hinter großen Gesten. Er stand gern im Mittelpunkt jeder Unterhaltung, ergriff bei Versammlungen als erster das Wort und rief Bekannte mit Fingerschnalzen an seinen Tisch. Man sagte ihm viele Liebschaften nach; aber zu einer dauerhaften Beziehung war er, wie er oft erklärte, nicht geschaffen. Deshalb wurde die Nachricht von seiner Vermählung mit Überraschung aufgenommen. Der Kolumnist einer Tageszeitung schrieb, daß in Uruguay eben alles seine Ordnung habe. Selbst ein ausgewiesener Revoluzzer wie Mauricio Gatti würde auf Freiersfüßen zum Standesamt wandeln. Doch bald nach der Geburt einer Tochter trennte sich Mauricio von seiner Frau. Um das Kind war er rührend besorgt. Sobald Paula laufen konnte, holte er sie einmal pro Woche ab, zu Ausflügen, die sie fast immer in den Zoo führten.

Anfang der siebziger Jahre wurde Mauricio verhaftet. Im Marinegefängnis schrieb und zeichnete er für Paula die Geschichte von der Eule, vom Elefanten und vom Tiger, von den Seehunden, Vögeln und Schnekken, die vom Jäger eingefangen, auf ein Schiff verladen und in den Zoo geschafft werden. Dort fristen sie, hinter Gitterstäben, ein jämmerliches Dasein. Nur ein Mädchen, das sie jeden Sonntag besuchen kommt, und eine Taube, eine schwarze Taube mit rotem Schnabel, die einen Brief von daheim, aus dem Urwald, in ihren Käfig fallen läßt, macht sie für einen Augenblick glücklich. In dem Brief steht, daß die Kinder wachsen, groß und schön wie die Blumen werden. Und daß sich die Tiere im Zoo keine Sorgen machen sollen, denn ihre Arbeit hätten die anderen Tiere unter sich aufgeteilt. Außerdem, heißt es, seien viele Jäger in den Urwald gekommen, und um sie zu täuschen, hätten sich die Anführer der Tiere verkleiden müssen, die Schlange als Küchenschabe, das Reh als Ratte, die Fische als Kettenhunde, da die Jäger nur hinter wilden Tieren her seien; doch Küchenschaben, Ratten und

Kettenhunde gebe es auch in der Stadt. Zuletzt steht in dem Brief, bei einer Versammlung hätten die Tiere im Urwald beschlossen, die Tiere im Zoo zu befreien. Und wirklich, gemeinsam gehen sie ans Werk. Der Vogel steckt seinen Schnabel wie einen Dietrich ins Schloß. Der Elefant verbiegt Gitterstäbe. Die Schildkröte steht Schmiere. Der Seehund schlüpft in die Montur eines Jägers. Das Mädchen aber zeigt ihnen den Weg zum Hafen, wo ein Schiff wartet, das die Tiere zurück in den Urwald bringen wird. Ciao, sagt das Mädchen, und es weint ein bißchen, als das Schiff ablegt und mit Tuten den Urwald ansteuert. Ciao, rufen auch die Tiere an Deck, und der Elefant steckt seinen Rüssel ins Wasser, schwenkt ihn und spritzt das Mädchen zum Abschied naß.

Durch Zufall war Mauricio Gatti mitten in einem Klima politischen Aufruhrs freigekommen. Schon vorher hatten Freunde seine Tiergeschichte in einer kleinen Druckerei in der Altstadt vervielfältigen lassen. Auf Versammlungen und bei Demonstrationen, in Cafés und an Bücherständen, die fliegende Händler in der Avenida Dieciocho de Julio, Montevideos Hauptstraße, betrieben, wurde das Bilderbuch, geheftet und mit einem steifen Deckblatt versehen, zum Verkauf angeboten. Der Erlös sollte den politischen Gefangenen zugute kommen, deren Zahl sich mit jedem Tag erhöhte.

Sara las das Buch in Las Piedras, einer Vorstadt

Montevideos, wo sie ihre erste Lehrerstelle, in Vertretung einer werdenden Mutter, angetreten hatte. Als sie sich vorstellen kam, erklärte ihr der Schuldirektor, sie müsse von Anfang an mit harter Hand vorgehen. Sie sei schon die vierte Karenzvertretung in diesem Jahr. Die letzte habe es gerade drei Tage ausgehalten. Die Kinder seien faul und ungezogen. Ihre Eltern, sagte er, stecken sie nur deshalb in die Schule, weil ihnen sonst das Kindergeld gestrichen wird. Sie werden übrigens in der zweiten Klasse unterrichten. Das heißt nicht, daß die Fratzen schon lesen und schreiben können.

Während Sara Mauricios Geschichte vorlas, hörten die Kinder aufmerksam zu. Aber sie waren nicht einverstanden damit, daß der Jäger glimpflich davonkam. Die Tiere hätten ihn ein für allemal verjagen müssen, sagte ein Mädchen. Ein anderes meinte, wenigstens das Gewehr hätten sie ihm wegnehmen müssen. Kaputtmachen, rief ein Junge. Den Lauf verbiegen, so wie der Elefant die Gitterstäbe verbogen hat. Und das Netz zerreißen, mit dem der Jäger die Tiere gefangen hat. Kaputtmachen ist gut, sagte einer, der schon vierzehn Jahre alt war. Nicht das Gewehr: den Jäger! Aber dann wären die Tiere ja ebenso schlimm wie er, erwiderte Sara. Die Señora hat recht, sagte das Mädchen, das sich als erstes gemeldet hatte. Also ich finde die Geschichte nicht so gut, sagte ihr Nachbar. Und warum nicht, fragte Sara. Weil Tiere anders sind. Die schreiben keine Briefe. Die fahren auch nicht mit einem Schiff. Woher willst du das wissen! schrie einer. Du bist selbst noch nie mit einem Schiff gefahren. Bin ich schon. Bist du nicht. Und ob ich gefahren bin. Ruhe! sagte Sara. Dann meldete sich ein Mädchen in der ersten Reihe. Es sprach leise, mit langen Pausen. Mir hat die Geschichte gut gefallen, sagte es. Den Tieren ergeht es wie den Kindern. Sie tun nichts Unrechtes und werden trotzdem bestraft. Aber sie halten fest zusammen. Weil sie schlau sind, kommen sie frei. Und wenn sie auf der Hut sind, wird sie der Jäger nicht wieder einfangen. Nur eins finde ich schlecht. Daß das Mädchen im Hafen allein zurückbleibt. Es wäre sicher gern mitgefahren. Warum haben es die Tiere bloß nicht mitgenommen.

Du mußt einen neuen Schluß schreiben, sagte Sara zu Mauricio, im August 1972, bei einer Veranstaltung zum 45. Todestag der Märtyrer von Chicago. Das Teatro Artigas war überfüllt. Auf der Bühne Bilder von Sacco und Vanzetti. Darüber ein Spruchband, Freiheit für alle politischen Gefangenen. *Luchar hasta vencer.* Rote und rot-schwarze Fahnen. Gerardo Gatti sprach, Mauricios älterer Bruder. Das Opfer der Anarchisten sei nicht sinnlos gewesen. Sie würden weiterleben, in denen, die ihrem Vorbild gefolgt seien. Das Kräfteverhältnis habe sich gewandelt, die Bourgeoisie sitze nicht mehr fest im Sattel. Da ist Kuba, und Vietnam, und China, und Algerien. Da sind die Massen in der Dritten Welt, die Neue Menschheit, die sich gegen ihre Unterdrücker erhebt, die aufsteht, kämpft, in den Städten und auf dem Land, in den Fabriken, auf den Straßen, in den Bergen. Deshalb ist heute alles anders. Deshalb kann uns der Feind nicht ängstigen, nicht unterkriegen, nicht besiegen. Niemals!

Stürmischer, lang anhaltender Beifall. Aber draußen, eine Straße hinter dem Teatro Artigas, sammelten sich die Rollkommandos der Streitkräfte. Unter dem Vorwand, die letzten Zellen der Stadtguerilla zu zerschlagen, gingen Armee und Polizei gegen alle Oppositionellen vor. Präsident Bordaberry, der seit November des Vorjahres im Amt war, regierte mit Notstandsdekreten. Unter dem wachsenden Druck der Militärs hatte er die Verhandlungen mit dem Linksbündnis Frente Amplio, mit den Gewerkschaften und den Hochschulen abgebrochen.

Und jetzt, sagte Gerardo Gatti, stehen wir am Beginn einer neuen Etappe. Einer Etappe des Widerstands. Wir glauben nicht, daß es statthaft ist, Hoffnungen auf einen raschen Sieg zu nähren. Wir wissen, daß uns ein grausamer und langer Krieg bevorsteht, und deshalb, Genossen, müssen wir uns auf allen Ebenen wappnen. Wir brauchen eine klare Politik, eine feste Ideologie, eine starke Organisation, vor allem aber brauchen wir Mut – und die Einheit der Werktätigen.

Wieder Applaus, Sprechchöre, geballte Fäuste. Und in der sekundenlangen Stille, ehe der nächste Redner zu sprechen begann, Saras helle Stimme: Du mußt unbedingt einen neuen Schluß schreiben, Compañero.

Sie sahen sich fast jeden Tag. Mauricio lebte seit seiner Haftentlassung im Untergrund, das Atelier hatte er aufgegeben, die Beziehung zu seiner Frau blieb ungeklärt. Jeder Aussöhnung folgte neuer Streit, jedem festen Vorsatz die Einsicht, er würde die, die ihm am nächsten stehen, nur unglücklich machen. Sara spürte, wie verletzlich er im Grunde war. Das gefiel ihr. Einmal küßte er sie. Am nächsten Tag bat er sie, den Vorfall zu vergessen, es ist nichts passiert, abgemacht. Sara nahm es ihm nicht übel. Auch sie wollte sich nicht binden. Sie erinnerte sich: Als sie sechzehn war, hatte ihr ein Mitschüler seine Liebe gestanden. Daß es ihm ernst sei und daß er sich noch heute ihren Eltern vorstellen wolle. Da war Sara, von panischem Schrecken ergriffen, davongelaufen. Verliebt, verlobt, verheiratet. Kinderkriegen, Einkaufen, Abwaschen! Sie erinnerte sich auch an ihre Mutter, die immer über ihr Hausfrauendasein geklagt hatte und die zuletzt, im Jahr vor ihrem Tod, vollends unleidlich geworden war. Überdies war nicht die Zeit, ans eigene Glück zu denken. Keiner wußte, was der nächste Tag bringen würde.

Ihre Absicht, als Lehrerin aufs Land zu gehen, hatte Sara vorläufig aufgegeben. In Las Piedras war ihr klargeworden, daß sie nur dann etwas bewirken würde, wenn sie sich ausschließlich einer Sache widmete. Die

Kinder hatten keine Schulbücher, der Lehrplan nahm nicht Rücksicht auf die Lebensumstände der Armen. Sie müßte ihr Lehrmaterial selbst erstellen, auch nachmittags für die Schüler dasein, sich der Schwächeren annehmen, die Eltern überzeugen, wie wichtig es sei, die Kinder regelmäßig in die Schule zu schicken. Jedenfalls hätte sie dann keine Zeit mehr für Politik. Sara kannte viele Lehrer, die ihre Auffassung teilten. Trotzdem war ihnen das Unterrichten nur Broterwerb. Daß ihnen der Beruf zur Routine wurde, entschuldigten sie unter Hinweis auf die Erfordernisse der Stunde. Im übrigen würden sie sich allein durch ihre Nachsicht von den autoritären Kollegen unterscheiden. Das war Sara zu wenig. Man ist entweder mit ganzem Herzen Lehrer oder gar nicht. Ihre Gefährten von der Föderation, die sie wegen ihrer Ausdauer und Verläßlichkeit schätzten, wollten sie fürs Herstellen von Flugblättern und Broschüren gewinnen. Sara nahm das Angebot an. Zu Hause erzählte sie, sie würde als Sekretärin in einer Druckerei arbeiten. Ihr Vater ahnte, daß sie ihn belog, drängte sie aber nicht, ihm Genaueres zu sagen. Sie war alt genug, eine eigene Entscheidung zu treffen. Und je weniger er wußte, desto besser war es.

Als die Mutter noch lebte, hatte es oft Streit gegeben. Sie war in ständiger Sorge um ihre Tochter. Lag wach, wenn Sara eine Nacht wegblieb, und empfing sie mit Vorwürfen.

Schämst du dich denn nicht für das, was du deinem Vater und mir antust.

Aber Mama, du mußt doch auch an die andern denken.

An die andern, immer an die andern. Und wir, dein Vater und ich. Wir gehören wohl nicht zu den andern.

Du verstehst mich nicht. Natürlich kämpfe ich auch für euch.

Ich will nicht, daß meine Tochter für mich kämpft. Ich will, daß sie sich aus allem raushält. Und daß sie vor Mitternacht zu Hause ist!

Eines Morgens im Februar 1973 erhielt Sara einen Telefonanruf, wonach Angehörige der Armee im Elternhaus nach ihr gesucht hätten. Wenig später stürmte ein Trupp auch die Wohnung ihrer älteren Schwester, ohne der Gesuchten, die die Nacht bei einer Freundin verbracht hatte, habhaft zu werden. Noch ehe ihr Steckbrief mit der Warnung, sie sei als Mitglied einer terroristischen Vereinigung zum Äußersten entschlossen, den Grenzbeamten vorlag, floh Sara nach Argentinien. Zehn Tage später wurden Mauricio und sein Bruder Gerardo zur Fahndung ausgeschrieben. Anfang März trafen auch sie in Buenos Aires ein.

Am 27. Juni, kurz nach Mitternacht, löste Präsident Bordaberry in Anbetracht der herrschenden Subversion und Gesetzlosigkeit beide Kammern des Parlaments mit sofortiger Wirkung auf. Alle Bürger der

Republik waren aufgerufen, in Ruhe ihren Obliegenheiten nachzugehen und jede Art von Mißfallenskundgebungen zu unterlassen. In stummer Wut zogen Zehntausende durch die Straßen von Montevideo. Als Prügelkommandos mit Schlagstöcken, Tränengasbomben und Pistolen über sie herfielen, stimmten sie die Nationalhymne an. Heldenhaft werden wir bestehen. Tyrannen, erzittert. Doch der Generalstreik der Gewerkschaften brach nach fünfzehn Tagen zusammen. Die Armee hatte die Macht übernommen.

2

In den drei Jahren, die der Geburt Simóns vorangingen, bezog Sara dreizehn Wohnungen, wechselte fünfmal den Arbeitsplatz und änderte einmal ihren Namen. Vorerst aber trachtete sie, ihren Aufenthalt in Buenos Aires zu legalisieren, was ihr nicht weiter schwerfiel, weil Präsident Héctor Cámpora sofort nach Amtsantritt eine Amnestie für alle Ausländer erlassen hatte, die sich wegen politischer Verfolgung oder aus wirtschaftlicher Not im Lande aufhielten. Der Beamte im Einwanderungsbüro, dem sie ihren Paß vorlegte, warf nur einen kurzen Blick auf Saras Foto, dann hieb er zwei gewaltige Stempel auf die Formulare, mit denen sie die argentinische Identitätskarte beantragte.

Auch Mauricio hatte wenig Mühe, die Aufenthaltsgenehmigung einzuholen. Er lebte allein, ohne Paula und seine Frau, die in Montevideo inzwischen eine neue Partnerschaft eingegangen war. Sie hätten sich endgültig getrennt, für ihn gebe es nur noch Sara. Er liebe sie, aber er habe Angst, ihr wehzutun. Er lehnte es ab, bei ihr zu wohnen. Aus Sicherheitsgründen, und weil er mit sich selbst ins reine kommen müsse. Sara schwankte zwischen Trotz und Sehnsucht. Immer war er es, der Zeit und Dauer ihres Zusammenseins bestimmte. Manchmal setzte sie ihn vor die Tür, dann wieder glaubte sie, keine Minute lang ohne ihn auszukommen. Sie hatte Angst, ihn zu verlieren, und noch größere Angst hatte sie, sich ihre Angst auch einzugestehen.

Als einer der Führer der Föderation, die sich zwei Jahre später in eine Partei, Partido por la Victoria del Pueblo, verwandeln sollte, brauchte Mauricio für seinen Unterhalt nicht selbst aufzukommen. Sara jedoch war angewiesen, für ihr eigenes Fortkommen Sorge zu tragen. Sie arbeitete, für zwei Wochen, einen Monat, drei Monate, als Kindermädchen, Putzfrau, Hilfsarbeiterin in einer Fabrik, in der sie im Akkord Transistorradios zusammenschraubte. Die längste Zeit, fast anderthalb Jahre lang, behielt man sie in einem Kindergarten. Für besser bezahlte Arbeiten kam sie nicht in Frage, ihr fehlten Ortskenntnisse, sie hatte keine Referenzen vorzuweisen, ohne Diplom fand sie keine Stelle als Lehrerin. Auch lehnte sie es ab, Tätigkeiten auszuüben, bei denen sie viel unterwegs gewesen wäre. Buenos Aires war ihr fremd und vertraut zugleich. Es trug die Schwermut Montevideos in sich, besaß aber die geschmeidige Kälte der Großstadt. Die Menschen bewegten sich schnell, unterschieden streng zwischen Pflicht und Hingabe. Immer hatten sie ein Ziel vor Augen, das sich klar benennen ließ. In Montevideo konnte es geschehen, daß jemand außer Haus ging, nur um an der nächsten Ecke zu halten, Mate zu trinken, das Treiben auf der Straße zu verfolgen, oder um in einer Kneipe einzukehren und, mit neuen Bekannten, stundenlang zu schwatzen. In Buenos Aires grüßten sich die Leute nicht einmal im Treppenhaus. Manchmal behauptete Sara, sie wären erst nach Aufforderung zu Hilfe bereit. Dann wieder leistete sie stumm Abbitte, wegen Nachbarinnen, Dienstherren, Arbeitskolleginnen, die ihr ohne Argwohn beistanden. In der verrückten Stunde zwischen Sonnenuntergang und Einbruch der Nacht stand Sara oft am Fenster und versuchte am Gehabe der Passanten deren Geheimnisse zu entschlüsseln. Sie ließ es bleiben, als das Verhalten der andern kein Geheimnis mehr, nur Furcht zu bergen schien.

Im Juli 1973 wurde Präsident Cámpora zum Rücktritt gezwungen. Bis zu den Neuwahlen, aus denen General Perón als Sieger hervorging, führte Raúl Lastiri die Amtsgeschäfte. Lastiris Schwiegervater hieß López Rega; er war Peróns Privatsekretär und galt als Gründer der Antikommunistischen Allianz Argentiniens, die nachts zu Fememorden ausrückte. Im neuen Kabinett stand López Rega dem Ministerium für Öffentliche Wohlfahrt vor. Nun wurde von der Regierung nicht länger bestritten, daß die Sicherheitskräfte Uruguays und Argentiniens in der Bekämpfung subversiver Elemente eng zusammenarbeiteten. Unter dem Vorwand, sie habe Kenntnis erhalten, daß ein Attentat auf Uruguays Präsidenten Bordaberry, auf Perón, dessen Frau María Estela und auf López Rega geplant sei, nahm die argentinische Bundespolizei im Februar 1974 zahlreiche Flüchtlinge aus Uruguay fest; Offiziere aus dem Nachbarland trafen in Buenos Aires ein, um die Verhafteten an Ort und Stelle zu identifizieren. Ende des Jahres, als schon Peróns Witwe regierte, erfuhren Sara und Mauricio, daß in Soca, 45 Kilometer außerhalb Montevideos, fünf Erwachsene tot aufgefunden worden waren. Alle fünf waren sechs Wochen zuvor in Buenos Aires verschwunden. Unter den Toten war das Ehepaar Mirtha Yolanda Hernández und Floreal García. Über den Verbleib ihres dreijährigen Sohnes Amaral, der zusammen mit seiner Mutter entführt worden war, wurde nichts bekannt.

Amarals Großeltern besaßen von ihm nur ein Foto – die Augen auf die unsichtbare Mutter gerichtet, die Oberlippe geschürzt, dunkles Haar, das ihm tief in die Stirn und über die Ohren fiel. Vor Sara lagen zwanzig Abzüge des Fotos. Zwanzig Mal steckte sie eines der Bilder in einen Umschlag, zwanzig Mal eine Karteikarte, *Amaral GARCÍA HERNÁNDEZ. Geboren: 25-10-71. Verschwunden: 8-11-74.* Zusammen mit anderen Frauen aus Uruguay hatte sie es übernommen, Dossiers über die verschleppten, verhafteten oder vermißten Landsleute zusammenzustellen und an Menschenrechtsgruppen in Europa zu verschicken. Sie war es gewohnt, diese Dokumente des Grauens zu sammeln und weiterzugeben, war gefordert, rasch zu arbeiten, ihre eigenen Empfindungen zurückzunehmen, selten nur verfolgten sie die Bilder bis in den Schlaf. Amaral war das erste Kind, mit dem sie in ihrer Arbeit befaßt war. Für sie enthielt das Wort *desaparecido*, verschwunden, neben dem großen Schrecken auch einen kleinen Trost – es verschloß sich der Gewißheit seines Todes.

Die Flüchtlinge trafen Vorsichtsmaßnahmen. Sie mieden leere Straßen, achteten darauf, ob ihnen nicht jemand folge, und waren bedacht, ihren Tagesablauf möglichst oft zu ändern. Für den Nachhauseweg wählten sie Umwege und stiegen zwei oder drei Haltestellen zu früh aus dem Bus. Auch bemühten sie sich, ihre Herkunft nicht zu verraten; statt Augengläser sagten sie Brillen, und statt Omnibus Autobus. Sie kauften nicht Frankfurter, sondern Wiener Würstchen, nicht Croissants, sondern Halbmonde, nicht eine Schachtel, sondern einen Bund Zigaretten. Sie riefen nie von zu Hause aus an, immer von einer Telefonzelle, und sie meldeten sich mit einem Losungswort. Sooft ein Gefährte verhaftet wurde, der wußte, wo sie zu finden waren, wechselten sie die Wohnung. Immer fand alles, was Sara bei sich hatte, in zwei Schachteln und einer Reisetasche Platz. Unbekannt verzogen, hieß es, von Olivos nach Palermo, von Palermo nach Flores, von Flores nach Floresta. Jede Wohnung ließen sie so zurück, als hätten sie nie darin gelebt. Nie schlugen sie einen Nagel in die Wand. Ein Bild an die Wand zu hängen, das hätte bedeutet, sich für länger einzurichten. Doch lebten sie, wider alle Skepsis, in der Zuversicht, bald nach Uruguay zurückzukehren, nächste Woche, in einem Monat, spätestens zu Beginn des Karnevals. Dem würgenden Gefühl der Einsamkeit widerstanden sie im fiebrigen Bedürfnis, einander zu halten, in ihrer hektischen Betriebsamkeit, auch in der Euphorie, mit der sie die wenigen aufmunternden Nachrichten aus der Heimat feierten. Die ›Briefe der Anarchistischen Föderation‹, die in Buenos Aires gedruckt und heimlich über die Grenze geschafft wurden, lobten den Mut einer Unbekannten, die im Zentrum Montevideos, gleichsam vor den Nasen der Militärs, eine Parole gegen die Diktatur an eine Hauswand gekritzelt hatte. Sie feierten auch einen Wirt, der sich geweigert hatte, einen Polizisten von seinem Gasthaus aus telefonieren zu lassen. Und sie erinnerten an die fünfzig Gymnasiasten des Liceo Zorrilla, die am Todestag des Che im Schulhof einen Kranz niedergelegt hatten und deshalb gefoltert und auf drei Jahre vom Unterricht suspendiert worden waren.

Als Peñarol Montevideo zu einem Freundschaftsspiel gegen Huracán Avellaneda in Argentinien antrat, entrollten vermummte Zuschauer im Stadion Independiente ein zwanzig Meter langes Transparent mit einer Losung gegen die Diktatur und schwangen uruguayische Fahnen mit Trauerflor. Das vermochte Sara, die sich nie für Fußball interessiert hatte, einen Tag lang in Hochstimmung zu versetzen. Verzagt war sie nur, wenn sie an ihre Familie dachte. Der Vater, der Bruder, die beiden Schwestern, die vielen Nichten und Neffen lebten fast nebenan, 45 Flugminuten entfernt, einen Vormittag weit mit dem Tragflügelboot. Es war schlimm, sie so selten zu begrüßen, zu umarmen, zu küssen. Saras Angehörige wußten nie, wo sie zu finden war. Anfangs trafen sie sich in der Wohnung von Bekannten, dann im Freien. Den Zeitpunkt und den genauen Ort bestimmte Sara. Am meisten litt ihr Vater unter der Ungewißheit, ob und wann er sie zu Gesicht bekommen würde. Bei ihrer letzten Begegnung wartete sie in einem Krankenhaus auf ihn, stand im dritten Stock am Fenster und schaute hinunter auf den Platz, wo er, klein und verloren, mit schlohweißem Haar, die Treppe von der U-Bahn heraufkam, unsicheren Schritts, zögernd, sah zu, wie er sich immer wieder umdrehte, die Passanten angestrengt musterte. Er zuckte zusammen, als ihn Sara ansprach. Ich muß wissen, wo du zu Hause bist, sagte er, bitte! Dann redete er, in einem Café, anderthalb Stunden lang wie aufgezogen, bis er erschöpft innehielt.

Und du?

Was sollte, durfte sie ihm schon erzählen. Einmal träumte sie davon, wie sie, zu Fuß, ins Elternhaus zurückkehrt, in die Calle Ana, nach Cerrito de la Victoria, in das ihr verhaßte Viertel, das von Friedhof und

Kaserne beherrscht wurde, Kleinbürger, Prostituierte, niedere Chargen. Zäune vor den Gärten, zwei Bäume mit verstümmelten Kronen. Kläffende Hunde. Und keiner, der sie wiedererkennt.

Ein anderes Mal träumte sie sich an einen Ort, wo ein Arzt auf sie wartet, ein Freund offenbar, dem sie vertrauen darf. Sara geht auf ihn zu und zieht einen Beutel aus ihrem Bauch, einen durchsichtigen, mit Fruchtwasser gefüllten Beutel, darin ein Kind, ein Fötus eigentlich, aber schon voll entwickelt. Sie legt den Beutel auf den Schreibtisch des Arztes. Sie sagt: Es kommt erst Ende des Jahres zur Welt. So lange kann ich nicht warten. – Dann träumt sie von ihrer Mutter. Da ist eine Wiege. In der Wiege das Kind. Ihre Mutter gibt ihm das Fläschchen. Sara steht abseits. Da ist viel Platz zwischen ihr und dem Kind. Als es getrunken hat, dreht ihre Mutter das Kind auf den Bauch. Nein Mama, sagt Sara, zuerst muß es aufstoßen. Sie nimmt das Kind in ihre Arme und klopft ihm auf den Rücken.

Dann geht sie im Traum durch die Geschäftspassage einer U-Bahn-Station. Ich bin in Buenos Aires, denkt sie, in Montevideo gibt es keine U-Bahn. Die Passage wirkt verlassen. Aber da merkt sie, daß jemand vor einem Schaufenster steht, das Kind von vorhin. Es hat noch den unbestimmten Blick eines Neugeborenen, der nur das Ganze fassen und behalten kann. In der Auslage sind Schokoladetafeln, Kekse, Pralinen zu kleinen Bergen geschichtet. Sara zeigt auf die Süßigkeiten und benennt sie. Dann sagt das Kind, fragend und zugleich bejahend: Du kannst mich nicht behalten. Nein, sagt Sara.

Schließlich der Traum vom Parteigericht. Der Föderation sind geheime Dokumente abhanden gekommen, und Sara kommt zu dem Schluß, daß das Kind diese Dokumente beseitigt hat. Es ist ihm gelungen, den Verdacht auf Sara zu lenken, weil sie es nicht behalten will. Das Gericht tagt in einem überdachten Innenhof. Sara steht in der Mitte, unter der Glaskuppel; vor den Türen, die vom Hof in die umliegenden Zimmer führen, sitzen ihre Richter. Sara soll sich verantworten. Sie weiß, von ihrer Überzeugungskraft hängt es ab, ob sie in der Föderation bleiben darf. Sie wendet sich an das Kind. Sie fordert es auf zu reden, ihre Unschuld zu beweisen. Es schweigt. Sara wendet sich an die Genossen: Es kann reden. Es kann sogar laufen! Das Kind schweigt, die Männer schweigen. Sara ist verzweifelt; sie weiß, das Kind wird nie reden. Sara wiederholt ihre Bitte, sie fleht das Kind an. Die anderen betrachten sie mitleidig, so wie man eine Verrückte betrachtet. Red endlich! sagt Sara. Aber das Kind schweigt. Und bevor Sara erwacht, lächelt das Kind. Es ist ein verschlagenes Lächeln, als wollte es sagen: Siehst du, ich hab dich reingelegt.

Es sei keine überstürzte Entscheidung gewesen. Sie habe lang gezögert. Vielleicht habe die Trennung von ihrer Familie den Ausschlag gegeben. Und das Alter, immerhin sei sie schon über dreißig gewesen. Letztlich habe sie auch die Lage falsch eingeschätzt; den Militärputsch in Argentinien hätten sie nicht vorausgesehen. Und auch nicht geahnt, daß sich die Diktatur in Uruguay so lange halten werde. Außerdem sei da ein Freund gewesen, einer, der mit ihr studiert hatte. Jedesmal, wenn sie sich trafen, fragte er: Und wann kriegst du ein Kind? Jetzt, ein Kind, sagte sie, unter diesen Umständen! Und er: Wenn alle so ängstlich wären. Sara: Das ist nicht Angst, das ist Verantwortung. Nenn es, wie du willst, sagte er. Wenn alle Frauen in Vietnam so verantwortungsvoll wären, würden dort seit langem keine Kinder mehr geboren. Oder denk an die Armen, hier bei uns. Jedes Kind ist für sie eine große Belastung. Trotzdem bringen sie Kinder zur Welt.

Sara, Wochen später: Ob er nicht recht hat. Man kann nicht auf bessere Zeiten warten. Es wird sich immer ein Grund finden, das Kinderkriegen aufzuschieben. Jetzt die Unsicherheit, das Exil, die Verfolgung. Dann die Rückkehr. Sich einrichten. Wohnung suchen, Arbeit. Der politische Kampf. Außerdem, wir haben uns unser Leben selbst ausgesucht. Es gibt keinen Grund, nur für die Zukunft zu leben, wie Märtyrer, die sich für andere opfern. Wir wollen beides haben, Glück und Verantwortung. – Hörst du mir überhaupt zu.

Nein, sagte Mauricio. Ich hör dir nicht zu. Ich will dir nicht zuhören. Nicht jetzt, später.

Jetzt, erwiderte Sara. Nicht später.

Als Sara im siebten Monat schwanger war, Ende April 1976, wurden an der Küste Uruguays, in den Distrikten Colonia und Rocha, verstümmelte Leichen angeschwemmt. Die Toten wiesen Spuren von Folterungen auf, einigen fehlten Arme und Beine, einer war mit Draht an einen Betonklotz gefesselt. Es hieß, die Leichen hätten asiatische Gesichtszüge. Gerüchte gingen um, wonach auf Fischkuttern mit orientalischer Besatzung, die in Küstennähe gesichtet worden waren, eine Meuterei ausgebrochen sei. Die Rädelsführer seien gemäß den grausamen Bräuchen jener Fremden niedergemacht und über Bord geworfen worden. Raubfische hätten sich ihren Anteil geholt. Dann ergaben Nachforschungen argentinischer Journalisten, daß es sich bei den Toten um politische Flüchtlinge aus Uruguay handelte, die Anfang des Jahres in Buenos Aires verschleppt worden waren. Die Strömung des Río de la Plata hatte sie in ihre Heimat getrieben.

In dieser Zeit lebte Sara mit María del Huerto und deren Freund Ramón zusammen, zwei Landsleuten, ebenfalls Mitglieder der Föderation. In einer Kammer der geräumigen Wohnung standen ein Kopiergerät und ein Abziehapparat, im Badezimmer hatte Ramón ein Labor eingerichtet, in dem sie Fotos verschwundener Landsleute vervielfältigten. Manchmal erschienen Kuriere aus Uruguay, die Neuigkeiten mitbrachten, in denen die Flüchtlinge ihr Land wiedererkannten, die Nachbarn, altmodisch und starrköpfig und hilfsbereit. Die Besucher blieben über Nacht, und beim Frühstück erzählten sie Sara und María del Huerto, was sich in Montevideo alles geändert habe, das Kino Defensa abgerissen und das Grundstück als Parkplatz genutzt, das Papiergeschäft La Platense, wo María del Huerto ihre Schulhefte gekauft hatte, in eine Bankfiliale verwandelt, mit einer spiegelnden Fassade, das Warenhaus Brocqua & Scholberg als Meldeamt genutzt. Und die Frauen wurden kleinlaut und glaubten ihnen nicht. Und die Alleebäume in der Dieciocho de Julio einfach umgehauen? Alle gefällt, ja. Ihr werdet staunen.

Die Schwangerschaft verlief unauffällig. Sara hatte sich in der Geburtsklinik Sardá angemeldet, ging regelmäßig zur Kontrolle, nahm sich täglich Zeit für Gymnastik und Atemübungen. Beschwerden hatte sie nicht, nur ein leichtes Schwindelgefühl in den ersten Wochen. Sie wußte nicht, ob sie sich einen Buben oder ein Mädchen wünschen sollte. Vor dem Einschlafen oder vor dem Aufstehen redete sie mit ihrem Kind. Junge und Mädchen, manchmal kamen ihr beide durcheinander. Sie wußte dann nicht mehr, was sie dem einen und was sie der anderen erzählt hatte. Sie lachte. Sie fühlte sich leicht. Nur das Bücken war mühsam.

In der Nacht auf den 9. Juni, elf Tage vor dem errechneten Geburtstermin, verschwand Mauricios Bruder. Gerardo Gatti abgängig. Keine Hinweise, keine Zeugen. In den Krankenhäusern kein Neuzugang, auf den Gerardos Merkmale zugetroffen hätten. Mauricio verständigte das Büro des Flüchtlingskommissariats der Vereinten Nationen. Die Polizeiposten, das Präsidium, das Innenministerium: Wir wissen von nichts. Daß alles ein Mißverständnis sei, wünschte Sara. Falscher Alarm, hoffte sie. Gerardo hat sich bloß verspätet. Er hat bei Freunden übernachtet. Es wurde gefeiert, Geburtstag, Hochzeitstag, was weiß ich, sie haben getrunken, da ist er geblieben. Gerade jetzt wacht er auf, schaut auf die Uhr, springt erschrocken aus dem Bett. Mauricio sollte nach Hause gehen, ihn wird Gerardo als ersten anrufen. Entschuldige, wird er sagen, ich habe vergessen, mich zurückzumelden, nicht vergessen, alle Telefonzellen waren außer Betrieb. Mauricio wird schluchzen vor Wut und Erleichterung. Gerardo, wird er antworten, Dreckskerl, mach das nie wieder. Hörst du.

Tags darauf, zu Mittag, fand Sara in der Küche einen Zettel vor. »Bin aufs Postamt gegangen. Im Postfach Benachrichtigung, daß ich um 17 Uhr vorsprechen soll. Gehe anschließend in Wohnung Nr. 4. Ruf mich dort an. María del Huerto.« Sara war in Sorge. Wieso kam María del Huerto nicht nach Hause. Weshalb sollte sie auf dem Amt vorsprechen. Was wollte sie ihr damit sagen. Sara lief zur nächsten Telefonzelle, wählte mehrere Nummern, niemand hob ab. Dann ging sie in der Wohnung auf und ab. Draußen dämmerte es. Gegen sieben schrillte das Telefon. Es war Ramón, er rief von auswärts an. Ich höre nichts, sagte er, hoffentlich könnt ihr mich hören. Ich wollte euch nur sagen, daß ich erst morgen zurück bin. Ciao. Nein, schrie Sara. Leg nicht auf. Komm nicht hierher.

Dann Mauricio. Sie las ihm vor, was María del Huerto geschrieben hatte.

Da ist was faul, sagte er. Nichts wie weg!

Und die Broschüren, fragte Sara. Unser Archiv, die Adressen.

Die nehmen wir mit. Warte, ich hol dich ab.

Zehn Minuten später war er da. Sie rafften zusammen, was ihnen in die Finger kam. Mauricio rannte mit Bündeln von Papieren die Stiege hinunter, warf sie ins Auto, hastete zurück in die Wohnung.

Was noch.

Das da, und das, und das auch. Und die Ordner trage ich.

Die sind viel zu schwer für dich. Denk an das Kind.

Seit wann kümmert dich das Kind.

Seit langem, Sara.

Dann fuhren sie los. Um sicherzugehen, daß sie nicht verfolgt wurden, wechselte Mauricio häufig die

Fahrspur und bog unvermutet in Seitenstraßen ab, ehe er das Auto am Straßenrand abstellte. Er warf eine Decke über das Frachtgut im Fond des Wagens. Steig aus, sagte er, hier sind wir sicher.

Zwei Tage später erfuhr er, daß María del Huerto gefaßt worden war. Sie mußte sofort gestanden haben, denn alle Wohnungen, die sie kannte, waren von bewaffneten Männern gestürmt worden. Schlimmer noch war die Auskunft über Gerardos Schicksal. Ein alter Freund von ihm, Washington Pérez, der in Buenos Aires Zeitungen verkaufte, war aus seinem Kiosk gezerrt, in ein Auto gestoßen und an einen unbekannten Ort gebracht worden. Eine Art Werkstatt, sagte er später. Dort hatte man ihm die Kapuze vom Kopf gezogen. Wir haben eine Überraschung für dich. Freust du dich nicht. Vor ihm lag Gerardo Gatti, die linke Körperhälfte gelähmt, man hatte ihn gefoltert, bis er einen Schlaganfall erlitten hatte. Ihr könnt euren Häuptling wiederhaben. Für 100 000 Dollar, das wird er euch wohl wert sein. Dann machten sie ein Foto von den beiden, Pérez mußte das Titelblatt der Zeitung ›La Opinión‹ in die Kamera halten. Damit deine Genossen dir auch glauben. Ehe sie ihn wegbrachten, erlaubten sie Pérez, Gerardo zu umarmen. Der flüsterte ihm, kaum verständlich, ins Ohr: Alles Mörder. Nicht eingehen auf Handel.

In Mauricios Zimmer, in dem sie die neunte, achte, siebte und sechste Nacht vor der Niederkunft zubrachte, durfte Sara weder ans Fenster noch ans Telefon gehen. Sie erschrak, als sie merkte, daß sie in der Eile ihren Ausweis, die Anmeldung zur Entbindung und die Befunde der Schwangerschaftsuntersuchungen in der Wohnung vergessen hatte. Zweimal, hieß es, hätten Unbekannte im Spital nach ihr gefragt. Mauricio besorgte ihr einen Paß. Jetzt hieß sie Stella Mari Riquelo, geboren am 4. 12. 1946 in Buenos Aires, Hausfrau. In der Klinik Bazterrica, in der sie sich nun zur Geburt anmeldete, behauptete Sara, eigentlich habe sie im Krankenhaus von La Plata entbinden wollen. Jedoch habe ihr ihre Mutter dringend geraten, das Kind in Buenos Aires zur Welt zu bringen. Die neuen Befunde, die sie dem Arzt vorlegte, hatte ihr eine Medizinstudentin ausgestellt.

Die Erschütterungen der letzten Tage, die Sorge um Gerardo, die Hektik und Schutzlosigkeit konnten Sara nichts anhaben. Nur das Kind war ihr jetzt wichtig. Auch Mauricio gewann seinen Lebensmut wieder. Er legte sein Ohr auf ihren Bauch und behauptete, er habe es schon reden gehört. Es beklage sich, zu eng sei es da drinnen, auch finde es weder Lichtschalter noch Speisekammer.

Zusammen mit Asilú Maceiro, einer Säuglingsschwester aus Montevideo, mieteten sie ein Haus im Stadtteil Belgrano, in der Straße Juana Azurduy, Nummer 3163. Zu betreten war es durch die Garage, dahinter lag ein Innenhof, von dem drei Türen abgingen, in die Küche, in eine Kammer und ins Wohnzimmer. An der Rückwand der Garage führte eine Wendeltreppe ins Obergeschoß, zu drei Zimmern und einer verglasten Veranda. Sofort begannen sie Pläne zu schmieden, Asilú und Sara würden in der Garage ein Kleidergeschäft eröffnen, Mauricio wollte ein Zimmer im Obergeschoß als Atelier nutzen. Sara ertappte sich dabei, wie sie von diesem einstöckigen Haus in einer stillen, gepflegten Gegend als von ihrem Zuhause sprach.

Am Morgen des 22. Juni, eines kalten, grauen Wintertages, spürte Sara ein Ziehen im Unterleib. Sie merkte, daß Wasser aus ihr herauslief, nicht viel, nur das Vorwasser, sagte Asilú, kein Grund zur Panik. Sara räumte das Frühstücksgeschirr weg, spannte frische Leintücher über die Matratzen, bestand darauf, den Boden zu wischen. Der Abstand zwischen den Wehen verringerte sich, gegen Mittag dauerten sie schon eine halbe Minute. Um zwölf packte sie Nachthemd und Waschzeug ein und fuhr mit Mauricio in die Klinik. Dort mußten die Schwestern erst den Arzt suchen gehen. Typisch Mann, sagte die Hebamme mit einem spöttischen Seitenblick auf Mauricio, fürs Kindermachen braucht man zwei, beim Kinderkriegen nie dabei. Sara war erstaunt, daß die Schmerzen nicht stärker waren. Sie rollten wie Wellen heran, und Sara versuchte, über sie hinwegzuatmen. Aber dann türmten sie sich und begruben sie unter sich, und Sara vergaß alle Vorsätze und hörte nicht, was ihr die Hebamme zurief, hörte sich selber nicht, und gerade als sie beschloß aufzustehen und nach Hause zu gehen, soll doch Mauricio das Kind austragen – gerade da, um zwei Uhr nachmittags, schon mit der dritten Preßwehe, kam Simón zur Welt, drei Kilo 200 Gramm schwer, voller Runzeln, glitschig, mit einem rötlichen Haarflaum. Ganz der Papa, sagte der Arzt. Und die Hebamme meinte, seiner Mutter wie aus dem Gesicht geschnitten.

Schon am nächsten Tag holte Mauricio die beiden ab. Keine Minute länger wollte Sara in der Klinik bleiben, wußten ihre Verfolger doch, daß sie um den Zwanzigsten ein Kind gebären würde. Sie brauchten also nur die Krankenhäuser und Geburtskliniken der Stadt zu durchkämmen, um der Frau, und ihres Kindes, habhaft zu werden. Sara hielt es auch für besser, wenn Mauricios Name nicht auf der Geburtsurkunde stand. Er war nicht gleich damit einverstanden. Aber Asilú, die Saras Befürchtung teilte, überzeugte ihn. Es war schon leichtsinnig genug, daß du bei der Geburt dabei warst. Wenn du dich als Vater eintragen läßt, gefährdest du sie und das Kind.

Auf dem Standesamt beantragte Sara die Geburtsurkunde für Simón Antonio Riquelo. Und wie heißen Sie, fragte der Beamte. Stella Riquelo, sie schob ihm ihren Paß über den Tisch. Und der Vater? Sara hob die Schultern. Er hat keinen Vater, sagte sie. Das heißt, sein Vater will damit nichts zu tun haben. Er erkennt den

Jungen nicht an. Sie spürte, belustigt, wie sie rot wurde. Der Mann betrachtete sie mitleidig. Dann stemmte er sich von seinem Stuhl hoch, ging um den Tisch herum und bat sie ins Nebenzimmer. Dort fragte er, ob sie dem Kindesvater auch wirklich ins Gewissen geredet habe. Sehen Sie, Señora, sagte er, wir Männer sind oft große Dickschädel. Er wisse aus langjähriger Berufserfahrung, daß Männer, die während der Schwangerschaft ihre Vaterschaft hartnäckig leugnen, ihre Meinung ändern, sobald sie das Kind zu Gesicht bekommen. Dann werden sie weich, sagte er. Zeigen Sie ihm den Kleinen, drohen Sie ihm nicht, seien Sie zärtlich, verdrehen Sie ihm den Kopf, und dann kommen Sie wieder her. Die Meldefrist läuft erst in einer Woche ab. Damit schob er sie zur Tür hinaus, und als sich Sara umdrehte, nickte er ihr aufmunternd zu.

Mauricio war ungehalten. Jetzt mußt du nochmal aufs Standesamt, sagte er. Weshalb hast du es nicht gleich hinter dich gebracht.

Um ein paar Tage Zeit zu gewinnen, sagte Sara. Und weil es schön wäre, wenn es wirklich nur darum ginge, dich rumzukriegen.

3

Sara begann an Mauricios Verstand zu zweifeln. Sie schickte ihn um Tee und Zucker, zurück kam er mit einem Affen aus Plüsch. Er sollte einen Heizstrahler kaufen, schleppte aber zwei Stoffpuppen an, eine große für Asilú und eine kleine für Simón. Sobald das Kind schrie, kam er herbeigelaufen, schlief es, beunruhigte ihn die Stille. Dann wieder behauptete er, der Weidenkorb, den Sara statt eines Gitterbettes gekauft hatte, damit sie Simón, egal in welchem Zimmer sie sich gerade aufhielt, bei sich haben konnte, würde die Entwicklung des Kindes hemmen, da es nur nach oben freie Sicht habe. Mit Mühe konnte ihn Sara davon abhalten, Gucklöcher in den Korb zu schneiden.

Mauricio ging ungern weg. Für den Abend des 13. Juli 1976 jedoch war in einer Vorstadt von Buenos Aires ein geheimes Treffen der Partei anberaumt, und so verließ er um acht das Haus in der Straße Juana Azurduy. Zu Sara sagte er, sie möge nicht auf ihn warten, er werde erst gegen Morgen zurück sein. Sara nickte, bat ihn, gut auf sich aufzupassen und in jedem Fall vorher anzurufen. Er versprach es, verabschiedete sich von Asilú, hob Simón hoch, kitzelte ihn an der

Nase und drückte ihm einen Kuß auf den Mund. Sara sah ihm nach, wie er über die Straße ging, ins Auto stieg und abfuhr. Dann schloß sie ab, ließ aber den Schlüssel stecken.

Um zehn Uhr abends badete sie Simón, trocknete ihn ab, säuberte ihm mit Wattestäbchen Ohren und Nase, wischte ihm die Augen aus, legte ihm eine frische Windel zwischen die Beine und hüllte ihn in eine Decke. Dann trug sie ihn in Asilús Zimmer, setzte sich in den Lehnstuhl, den ihr Mauricio am Tag nach der Entbindung gekauft hatte, und begann Simón zu stillen. Nach einer Viertelstunde, er war an ihrer Brust eingeschlafen, stand sie auf, lehnte ihn gegen ihre Schulter und klopfte ihm mehrmals auf den Rücken. Nachdem er aufgestoßen hatte, wickelte sie ihn, steckte ihn in den Strampelanzug und legte ihn in den Korb, den sie, wegen der kalten Bodenfliesen, aufs Bett gestellt hatte.

Später saßen die beiden Frauen im warmen Lichtkreis um den Tisch, tranken Milch und schalteten das Radio ein, in dem Eladia Blázquez einen Tango sang, über die Angst, die wir uns selber bereiten. »Die Ängste, die wir erfinden, bringen uns nur näher zusammen.« Asilú sang den Refrain mit. Daß sie das Lied im Radio überhaupt noch spielen dürfen, sagte sie. Sara stand auf und holte die Hose, die sie sich am Nachmittag gekauft hatte, weil sie die Umstandskleider nicht mehr tragen wollte. Die Hosenbeine waren zu lang, sie bat Asilú, ihr die Länge abzustecken. Sie schlüpfte in die Hose, zog sie unter dem Kleid hoch und stieg aufs Bett. Simón neben ihr schlief ruhig.

Asilú kniete, Stecknadeln zwischen den Lippen, vor ihr am Boden, als sie plötzlich von der Straße Lärm hörten, das Schrillen der Glocke, schwere Schläge gegen das Garagentor, Splittern von Glas. Im Nu stürmten Männer ins Zimmer, ein gutes Dutzend, mit gezückten Pistolen, mit Maschinenpistolen, Eisenstangen, Knüppeln. Alle in Zivil. Einer schleuderte Asilú zur Seite, ein zweiter setzte Sara den Lauf an die Brust.

Der die Befehle gab, kurz, abgehackt, sei Mitte dreißig gewesen, habe trotz der späten Stunde eine Sonnenbrille getragen, sein Kopf sei viel zu klein geraten für das massige Kinn und den dicken Hals. Nach seinen Anweisungen hätten die Männer die Türen aufgestoßen, seien ins Halbdunkel gehechtet, die Treppe hinauf in den ersten Stock gepoltert. Ob sie wüßten, wer er sei, habe der mit der Sonnenbrille gebrüllt. Sie hätten nicht geantwortet. Major Gavazzo, von den Streitkräften der Republik Uruguay. Und der Kamerad, er habe auf den Mann neben sich gedeutet: Aníbal Gordon, Offizier der argentinischen Armee. Namen! Flores, habe Asilú gesagt, Norma Beatriz Flores. Stella Riquelo, habe sie gesagt. Falsch, habe Gavazzo gebrüllt. Wer noch in dem Haus wohne. Nur wir, habe sie gesagt, und Gavazzo habe ihr ins Gesicht geschlagen. Dann hätten ihm Männer die Pässe gebracht, Gavazzo habe sie ungeöffnet an den Argentinier weitergereicht. Er wisse, wer sie seien. Aber er wolle es von ihnen hören. Da hätten sie geschwiegen, seien geschlagen worden. Dann hätten die Männer, oben im ersten Stock, unter einem losen Bodenbrett das Foto von Mauricios Bruder gefunden. Gavazzo habe es ihr ins Gesicht geworfen.

Sie schleiften Asilú an den Haaren ins Zimmer nebenan, warfen Sara aufs Bett, neben den Korb, in dem Simón immer noch schlief. Sie schlugen mit Stöcken und Kolben auf sie ein, und Sara sah, wie Simóns Korb im Rhythmus der Schläge zu hüpfen begann, zu schwanken, bitte laß ihn nicht umfallen. Von nebenan Asilús Schreie.

Dann ließen die Männer von ihnen ab. Sie zerhauten Tische und Schränke, schlitzten die Matratzen auf, traten die Türfüllungen ein und sprengten die Türstöcke. Einer mit schwarzem Schnauzer kam auf Sara zu. Señora, sagte er fast feierlich, nehmen Sie das Kind. Sie hob Simón aus dem Korb, der Mann griff unter die Matratze, suchte nach Flugblättern. Simóns Wärme an ihrer Brust. Berstendes Holz, er drehte seinen Kopf nach den Geräuschen. Sie fanden keine Waffen. Die Papiere stopften sie in eine schwarze Tasche. Dann wieder Gavazzo. Leg ihn weg. Wo wir dich hinbringen, ist kein Platz für ihn. Sara fragte, was mit Simón geschehen werde, und der Mann antwortete, keine

Sorge, dem passiert nichts. Wir führen keinen Krieg gegen Kinder. Leg ihn zurück in den Korb. Als sie zögerte: Na wird's.

Sie habe noch einen Augenblick zugewartet. Dann habe sie Simón geküßt. Dann habe sie ihn in den Korb gelegt. Zugedeckt. Noch einmal geküßt. Dann habe Simón zu schreien begonnen. Mauricio wird ihn finden. Sie habe keinen Versuch unternommen, Gavazzo umzustimmen. Besser so. Wer weiß, was sie mit mir anstellen werden.

Jemand warf ihr von hinten einen Plastiksack über den Kopf, bog ihr die Arme auf den Rücken, legte ihr Handschellen an und zerrte sie aus dem Haus. Sie stolperte, wurde hochgerissen, bekam keine Luft. Eine Autotür wurde geöffnet, man zog ihr den Sack vom Kopf, stülpte ihr eine Kapuze über. Das Auto fuhr an, Sara bemühte sich, vom Fahrgeräusch und von den Richtungsänderungen auf die Route zu schließen, einmal glaubte sie, sie würden die Avenida Libertador hinunterfahren, lange geradeaus. Stimmen, Lachen, Musikfetzen, wie aus der offenen Tür eines Tanzlokals. Sie mußten in einem Konvoi unterwegs sein, verständigten sich per Funk, den Gesprächen entnahm Sara, daß sie in dieser Nacht noch weitere Ziele hatten. Zweimal hielten sie, zweimal wurde der Motor abgeschaltet, gab Gavazzos Stimme halblaut Befehle, entfernten sich Schritte. Die Männer, die zu ihrer Bewachung im Auto sitzen blieben, rauchten, schimpften auf das trübe Wetter, den Trainer von River Plate, einer klagte, daß ihn seine Frau schon eine Ewigkeit nicht mehr rangelassen habe. Dann kamen die anderen zurück, warfen ein Bündel neben Sara, ein Keuchen, Stöhnen.

Irgendwann waren sie da. Ein Rolladen rasselte in die Höhe, sie fuhren, im Schrittempo, über eine Schwelle. Dann wurde sie aus dem Auto gezerrt.

Am Morgen kehrte Mauricio zusammen mit einem Freund nach Buenos Aires zurück. In einem Außenbezirk hielt er und rief von einer Bar aus zu Hause an. Er ließ es lange läuten. Wahrscheinlich schlafen sie noch. Im Stadtzentrum versuchte er es wieder. Jetzt war er schon in Sorge. Er wählte eine andere Nummer, noch eine, eine dritte. Erst in der vierten Wohnung meldete sich jemand. Weg, sagte Mauricio. Hau sofort ab. Dann lief er zum Auto und fuhr hinauf nach Belgrano.

Es erschien ihm wie eine Ewigkeit, bis sie endlich in die Calle Juana Azurduy einbogen. Das erste Mal waren sie sich nicht sicher. Beim zweiten Mal aber sahen sie deutlich, daß die Glasscheiben des Garagentors eingeschlagen waren. Zwei Straßen weiter blieb Mauricio stehen. Er war schon halb aus dem Auto, als ihn der andere zu fassen bekam. Laß mich. Du fährst weiter. Ich muß nachschauen. Sie warten auf dich. Ich bring sie um. Sie bringen dich um. Er klammerte sich so fest an das Lenkrad, daß die Knöchel weiß hervortraten.

Nach einer Weile startete er den Motor.

4

Da war ein Verlies, das stand an der Straße Venancio Flores, Ecke Emilio Lamarca und trug ein Schild an seiner Fassade, mit der Aufschrift: Automotores Orletti. Unter dem Schild war ein eiserner Rolladen, der war lange nicht geölt worden, so quietschte und rasselte es jedesmal, wenn er hochgestemmt wurde, einen ganzen Häuserblock weit, und quietschte und rasselte auch, wenn man ihn runterzog, und beides geschah fast jede Nacht. Und da war auch, links neben dem Rollladen, eine gepanzerte Tür, mit Türspion, elektrischem Türöffner und Gegensprechanlage, und wie von Geisterhand schwang die Tür auf, sobald man das Zauberwort sprach, das lautete: Operation Sesam.

In das Verlies gerieten eines Nachts 19 Flüchtlinge, Männer wie Frauen, und da sie an Händen und Füßen gefesselt waren, warf man sie kurzerhand zu Boden. Dann wurden sie der Reihe nach losgebunden, damit sie sich entkleiden konnten, und zu diesem Zweck wurden ihnen auch die Kapuzen vom Kopf gezogen. Da merkten sie, daß sie nicht die einzigen Gefangenen waren, es hockten schon acht andere auf dem Boden, nackt bis auf die Kapuze. Auch sahen sie, ehe ihnen die Kapuzen wieder übergestülpt wurden, wie das Verlies im Innern beschaffen war. Das Verlies war eine verlassene Werkstatt, mit Öllachen und abgedeckten Montagegruben und zwei vergessenen Autowracks. Die Halle maß 30 Meter in der Länge, und sie war am einen Ende sechs, am andern acht Meter breit. Sie hatte einen Abort, der war durch eine schulterhohe Wand abgetrennt, einen tropfenden Wasserhahn und an der schmäleren Seite ein großes Wasserbecken, darüber ein Flaschenzug. Knapp unter der Decke war das Fenster, das hätte es nicht gebraucht, denn das Licht in dem Verlies brannte Tag und Nacht. Eine Treppe mit Zementsockel und Holzstufen führte in den ersten Stock, in dem waren drei Kammern. Die erste Kammer hatte einen Tisch voller Waffen, das war die Waffenkammer. In der zweiten Kammer standen zwei Stühle, das war die Beichtkammer. In der dritten Kammer hing ein Laufrad von der Decke, samt Strick, das war die Wahrheitskammer. Weiters gab es eine Küche, ein Badezimmer und eine Terrasse, zum Wäschetrocknen. In der Sprache derer, die hier Dienst taten, hieß das Verlies *El jardín*, der Garten.

In diesen Garten also stolperte eine Frau, die durfte keinen Namen tragen, deshalb taufte man sie, in dem großen Wasserbecken, auf die Zahl zwölf. Um ein Haar wäre Zwölf bei der Taufe ertrunken, da man ihren Kopf allzulang unter Wasser hielt, und sie war gefesselt. Doch als sie wiederauftauchte, prustete Zwölf unter ihrer Kapuze bloß: Ach, wenn mir's nur gruselte, ach, wenn mir's nur gruselte. Das hörte einer der Wächter, und er sprach: Das Gruseln, das sollst du noch lernen, aber weit wirst du damit nicht kommen.

Dann wurden die Getauften der Reihe nach die Treppe hinaufgeführt, um den Wächtern über ihr Tun Rede und Antwort zu stehen. Die Wächter waren's nicht zufrieden, und so vernahm Zwölf, unten in der Halle, nackt bei drei Grad Celsius, blind hinter dem Tuch, Schreie, die ihr schier das Herz abpreßten. Ach, wenn mir's nur gruselte, ach, wenn mir's nur gruselte, flüsterte sie, als die, die geschrien hatten, wieder nach unten geschafft wurden und um einen Schluck Wasser bettelten. Offenbar war unter den Wächtern einer, der war noch nicht lange dabei, denn er war bestürzt, daß die Gefangenen durstig sein sollten, da erhielt er zur Auskunft: Das ist, weil sie in der Maschine gewesen sind.

Schließlich wurde auch Zwölf in die Maschine gebracht, hinauf in den ersten Stock, hinein in die zweite Kammer, dort wußte sie keine rechte Anwort auf die Fragen der Wächter, so schleppte man sie in die dritte Kammer, in die Ecke unter das Laufrad. Sie wurde an den Handgelenken hochgezogen, bis ihre Füße 30 Zentimeter über dem Boden baumelten, das sah sie, weil die Kapuze am Hals nicht zugeschnürt war. Sie hing, eine ganze Stunde lang. Dann streiften ihr die Wächter einen Gürtel über, der hatte vorn, am Geschlecht, einen Stab aus Metall. Mit diesem Stab, sagten die Wächter, wollen wir dich nun ein wenig kitzeln. Doch nahmen sie Rücksicht darauf, daß Zwölf bis auf den kleinen Spalt ja nichts sehen konnte, und sie erzählten ihr, daß von dem Stab ein Draht zu einem Reglerkasten führe, und vom Regler wiederum würde ein Kabel zur Steckdose laufen. Diese Maschine liebten die Wächter, scheint's, über alle Maßen, denn sie sprachen mit großer Ehrfurcht von ihr, nannten sie zärtlich *El aparatito*, das Apparatchen, und rühmten ihre Fähigkeit, einzudringen in die geheimsten Gedanken derer, die sie empfingen.

Dann leerten die Wächter einen Kübel Wasser auf den Boden und streuten grobes Salz. Jetzt schütten wir Wasser auf den Boden; damit du nachher nicht sagst, du hättest nichts gespürt. Jetzt streuen wir Salz; damit du nachher nicht klagst, wir hätten dich verschont. Sowie sie dies gesagt hatten, ließen sie den Strick herab, bis Zwölfs Zehenspitzen den Boden berührten. Gleich werden wir das Apparatchen einschalten, sagten sie, und es wird Strom durch dich fließen, und du wirst trachten, die Füße zu heben, aber da du schon so lange geschaukelt hast, wird es dir nicht gelingen. Und das Wasser wird dich schmerzen und das Salz wird dich brennen. Sie lobten ihr Apparatchen gar sehr, und dabei gerieten die Wächter in keinen geringen Streit, denn die Argentinier unter ihnen behaupteten, es sei ihre Erfindung, ihr Patent, den Kollegen aus Uruguay wäre sowas nie eingefallen, und die Uruguayer hielten dagegen, sie verstünden sich viel besser darauf, mit dem Apparatchen umzugehen, mit Maß und mit Ziel.

Dann, während geschah, was sie so trefflich beschrieben hatten, fiel Zwölf in Ohnmacht, das verdroß die Wächter ein wenig. Sie versuchten, ihr mit ein paar Kübeln Wasser auf die Sprünge zu helfen, allein, Zwölf hing reglos am Strick. So mußte sie einer nach unten schaffen, schrie jedoch auf, kaum daß er sie berührte. Schalt aus, schalt aus, heulte er, ich steh unter Strom. Der mit dem Regler in der Hand lachte, denn das Apparatchen war längst abgeschaltet.

Als Zwölf aus der Ohnmacht erwachte, machten die Wächter große Augen. Wir dachten nicht, sprachen sie, daß wir dich noch lebendig sehen würden; hast du nun gelernt, was Gruseln ist? Nein, sagte Zwölf, es ist alles vergeblich.

Im Morgengrauen verabschiedeten sich die Wächter, sie fuhren in eine Kaserne oder nach Hause zu Frau und Kindern, frühstückten ausgiebig, gähnten herzhaft, dann legten sie sich aufs Ohr, um wieder bei Kräften zu sein in der kommenden Nacht. Die Männer, die tagsüber in dem Verlies ihren Dienst verrichteten, neideten den Wächtern der Nacht die fetten Sonderzulagen, also zählten sie den Gefangenen eine Tracht Prügel auf oder weigerten sich, sie auf den Abort zu führen. Den ganzen Tag über lief das Radio, doch vermochte es nicht zu verhindern, daß Zwölf im linken Ohr das Rumpeln von Zügen wahrnahm, Kindergeschrei im rechten. Dann wurde es wieder Nacht, Ablöse der Wächter, da erinnerte man sich des *Aparatito*.

Fünf Nächte lang.

Eines Nachts wurden drei neue Gefangene in das Verlies geschleppt, die hießen Carlos Santucho, Manuela Santucho, Cristina Navaja und wurden mit 300 Volt willkommen geheißen. Groß war die Freude am sechsten Tag, als das Radio meldete, Mario Roberto Santucho, Bruder der Erstgenannten, Cristinas Mann, sei bei einem Feuergefecht ums Leben gekommen. Da beschlossen die Wächter, das Apparatchen eine Nacht lang ruhen zu lassen.

Sie feierten ein großes Fest, mit köstlichen Speisen, geliefert von einem Partyservice, und sie tafelten, daß es eine Freude war. Als sie satt waren, ließen sie Frauen kommen, die klopften an die gepanzerte Tür, und ihnen ward aufgetan. Zwölf hörte ihr nervöses Kichern, als sie an der langen Reihe der Kapuzen vorbeistöckelten, wohl mit wippenden Röcken, silbernen Schuhen. Es wurde getanzt zur Musik aus dem Radio, doch als Sendeschluß war, entschieden die Wächter, das Fest mit den Damen andernorts zu beschließen. Fünf Männer blieben zurück, und da sie ein weiches Herz hatten und nicht wußten, was sie mit den Resten von der Tafel machen sollten, fragten sie ihre Gefangenen, wie lange es her sei, daß sie das letzte Mal gegessen und getrunken hätten. Sie nahmen ihnen die Kapuzen ab und gaben ihnen zu essen, und als die Gefangenen zu trinken begehrten, schenkten sie Sekt aus und erhoben ihre Pappbecher auf den Tod von Mario Roberto Santucho. Aber statt ihnen zuzuprosten, murmelte Zwölf: Es will mir nicht gruseln, hier lerne ich's mein Lebtag nicht.

Dann bekamen die Gefangenen wieder ihre Kapuzen übergezogen, bis auf einen, Carlos Santucho, den schleppten die Wächter zu dem großen Wasserbecken und ertränkten ihn mit den Worten: Jetzt empfängt dich der Heilige Petrus. Zwölf sah es, weil die Kapuze verrutscht war.

Acht Jahre später kam Zwölf noch einmal in dieses Verlies. Da sah sie, daß hinter dem Verlies ein Schulhof war, auf dem in den Pausen Kinder spielten. Und daß vor dem Verlies die Züge der Bahnlinie San Martín vorbeifuhren. Da erfuhr sie, daß ringsum das Leben weitergegangen war. Daß die Nachbarn jeden Tag zur Arbeit fuhren, jeden Morgen zur selben Zeit in den Bus stiegen, ihre Kinder zur Schule brachten und am Nachmittag abholten. Daß sie Brot kauften, Geburtstage feierten, miteinander schliefen. Da vernahm sie, daß damals alle etwas gesehen oder gehört hatten. Da hörte sie die Nachbarn reden: Ich wußte ja nicht. Ich war mir nicht sicher. Ich hab geglaubt.

Da endlich sprach sie: Ja, nun weiß ich, was Gruseln ist.

Vorstellbar, daß zutraf, was aus der Gerüchteküche nach außen drang.

Am 20. Juli 1976, eine Woche nach Saras Verschwinden, fuhren zwei Limousinen mit geschwärzten Scheiben durch das Villenviertel Carrasco, im Osten Montevideos. Sie hielten auf ein weitläufiges Anwesen zu, das von einer mannshohen, von Glasscherben gekrönten Mauer umgeben war, bogen in die asphaltierte Zufahrtsstraße ein und hielten vor dem Treppenaufgang der Villa. Den Fahrzeugen entstiegen der Chef des Generalstabs, General José D. Cardozo, sowie die Oberbefehlshaber der drei Waffengattungen, ein Generalleutnant, ein Vizeadmiral und ein Brigadegeneral. Im Herrenzimmer des Hauses wurden sie vom Gastgeber, einem der größten Bauunternehmer des Landes, und vom Botschafter der Vereinigten Staaten in Uruguay, Ernest Siracusa, begrüßt. Kurze Zeit später trafen Oberstleutnant Juan Antonio Rodríguez Buratti und Major José Nino Gavazzo ein. Buratti stand einer Sonderabteilung des militärischen Geheimdienstes vor; Gavazzo leitete die Antiterror-Kommandos, die in Buenos Aires Jagd auf geflüchtete Landsleute machten.

Als erster ergriff General Cardozo das Wort. Er war besorgt über die Initiative des US-amerikanischen Abgeordneten Koch, der den Kongreß dazu bewegen wollte, die Militärhilfe für lateinamerikanische Diktaturen einzustellen. Nun bat er Botschafter Siracusa um

Auskunft darüber, ob Uruguays Armee für den Fall, daß der Eingabe Erfolg beschieden wäre, weiterhin mit Unterstützung rechnen könne. Siracusa schüttelte den Kopf; nach zahlreichen Gesprächen sowohl mit Regierungsbeamten als auch mit Kongreßabgeordneten sei er zur Überzeugung gelangt, daß diesfalls die Chancen äußerst schlecht stünden. Cardozo fragte, ob er dann überhaupt noch eine Möglichkeit sehe, die drohende Rücknahme der Militärhilfe – 5 Millionen Dollar im Jahr – zu verhindern. Der Botschafter schwieg und lächelte, während er aus dem Kästchen aus Zedernholz, das ihm der Gastgeber entgegenhielt, eine Zigarre nahm. Er schnitt ihr mit einer goldfarbenen Taschenguillotine die Spitze ab und wartete, bis ihm der Hausherr Feuer gegeben hatte.

Meine Herren, sagte er nach einer Weile, Ihre Männer sind in der Bekämpfung der Aufständischen allzu erfolgreich gewesen. Deshalb herrscht in Washington die Meinung vor, daß die ökonomischen und strategischen Interessen der Vereinigten Staaten auch ohne Militärhilfe gewährleistet sind. Dagegen läßt sich nicht argumentieren, es sei denn, man könnte den Eindruck erwecken, daß die innere Sicherheit ernsthaft bedroht ist. Vielleicht durch ein Wiederaufflackern der Guerilla. Jedenfalls etwas Spektakuläres, perfekt inszeniert.

Der Oberbefehlshaber der Landstreitkräfte sagte, seine Waffenkameraden und er hätten, im Wissen um den Ernst der Lage, in den vergangenen Tagen bereits

Vorsorge getroffen. Der von ihnen ausgearbeitete Plan sehe vor, die Invasion einer Gruppe von Freischärlern vorzutäuschen. Zu diesem Zweck wolle man sich der Gefangenen bedienen, die in Buenos Aires als Geiseln gehalten würden. Er forderte Gavazzo auf, die Einzelheiten des Plans bekanntzugeben. Gavazzo berichtete, daß er zur Zeit über etwas mehr als dreißig Gefangene verfüge, daß aber einige von ihnen zu wichtig und zu gefährlich seien, als daß man sie für ein Unternehmen dieser Art heranziehen könnte. Mit den anderen aber, sagte er, läßt sich nach Belieben verfahren. Man werde sie heimlich nach Uruguay überstellen, Spuren legen, die auf eine konspirative Tätigkeit hindeuteten, und dann in einer aufsehenerregenden Aktion ihre Verhaftung simulieren.

Wir werden ihnen Geständnisse abverlangen, sagte er, die jedem klarmachen, wie gefährlich sie sind. Wir werden sie der internationalen Presse vorführen, die dann in ihrer Hetzkampagne gegen uns klein beigeben muß.

Und wer garantiert uns, daß sie nicht die Wahrheit ausplaudern, fragte Siracusa.

Ihr gesunder Menschenverstand, sagte Gavazzo. Sie haben keine andere Wahl als mitzuspielen. Wo sie jetzt sind, sind sie nicht einmal tot.

Die Idee gefällt mir, sagte der Botschafter. Ich werde mir erlauben, das State Department von diesem Schachzug in Kenntnis zu setzen. Unser Freund, er wies auf den Gastgeber, ist sicher bereit, zusammen mit seinen Geschäftsfreunden für die Kosten der Aktion aufzukommen. Und zu Cardozo gewandt sagte Siracusa: Mir scheint, Sie haben mit Oberstleutnant Buratti und Major Gavazzo die richtigen Männer auf den entscheidenden Posten. Es wäre mir lieb, wenn die beiden Herren persönlich die Operation leiten würden.

Daran ist gedacht, erwiderte der General.

Sara war beunruhigt, als sie merkte, daß sich das Verhalten der Wächter von einem Tag auf den andern änderte. Die Vergewaltigungen hörten auf. Die Gefangenen wurden aufs Klo geführt. Hatten sie Durst, gab man ihnen zu trinken. In die Maschine wurde Sara nur noch selten gespannt, trocken, ohne Wasser und ohne Salz. Nach Simón wagte sie nicht zu fragen, sie durfte sich keine Blöße geben. Von Mauricio hörte sie nie reden, da wußte sie, daß er ihnen entkommen war. Seinen Bruder Gerardo hatte sie in der ersten Nacht im Obergeschoß schreien gehört, aber sie sah ihn nicht wieder, als die Männer ihnen nach dem Fest die Kapuzen vom Kopf zogen. Einmal hörte sie einen Wächter sagen: Angeblich werden die Uruguayos weggebracht. Dann bekam sie einen heftigen Wortwechsel mit, zwischen einem Argentinier und einem Uruguayer, an dessen Stimme sie Gavazzo zu erkennen glaubte.

Das ist gegen die Abmachung!

Gavazzo, leiser: Ich habe den ausdrücklichen Befehl.

Interessiert mich nicht.

Von ganz oben.

Trotzdem.

Hör zu, wir suchen uns zwei Dutzend aus. Die anderen laßt ihr verschwinden.

Und was ist, wenn was herauskommt. Ich will Garantien.

Du hast mein Wort, sagte Gavazzo.

Am Morgen des 26. Juli wurden vierundzwanzig Gefangenen, unter ihnen Sara, die Handschellen und Fußfesseln abgenommen. Sie wurden zum Wasserbekken getrieben, durften sich Hände und Oberkörper waschen. Dann stellte man sie, immer zu viert, vor einen Kleiderberg, Hosen, Kittel, Hemden, sie mußten rasch wählen. Manchmal berührten sich beim Wühlen, wie zufällig, zwei wunde Hände. Sobald sie angezogen waren, wurden sie in Reih und Glied ausgerichtet. Sie mußten stundenlang stehen, bevor es hieß: Kapuzen ab, die Augen geschlossen halten! Man klebte ihnen Heftpflaster auf Augen und Lippen, legte ihnen wieder Handschellen an, warf sie in zwei Lieferwagen. In den Hohlraum über ihnen wurden Bretter gelegt, darauf kam, was die Männer bei den Überfällen erbeutet hatten, Fernseher, Recorder, Kaffeemaschinen, Lampenschirme, Bettwäsche. Mit eingeschalteter Sirene fuhren sie aus der Halle.

Die Lieferwagen hielten auf dem Rollfeld des Militärflughafens von Buenos Aires. Dort wartete schon ein Flugzeug auf sie. Die Gefangenen wurden die Gangway hinaufgetrieben und auf den Sitzen festgeschnallt. Das Pflaster vor Saras Augen hatte sich in der Furche zwischen Nasenrücken und Wange gelöst. Deshalb konnte sie, am Schmutztuch der Kopflehne vor ihr, den Namenszug der uruguayischen Fluglinie PLUNA erkennen. Der Flug dauerte 45 Minuten.

5

Dann war Sara daheim.

Die Heimat lag vorerst an der Küstenstraße República de México im Stadtteil Punta Gorda, gleich neben dem Hotel Oceanía. Die Heimat war ein Saal mit verhängten Fenstern und 24 Matratzen, die in zwei Reihen auf dem Boden ausgelegt waren, mit einer nackten Glühbirne und einem Kofferradio. Die Heimat war sauber; sie roch nach Salmiak.

Die Heimat hatte ein Badezimmer, in dem sich die Gefangenen duschen durften. Sara kam als letzte an die Reihe, weil der Schlüssel zu ihren Handschellen während des Transports verlorengegangen war. Die Aufseher zerrten lange an ihren Gelenken, ehe es ihnen gelang, das Schloß zu sprengen. Vor der Wanne versuchte sie sich auszuziehen, aber die Arme waren wie abgestorben, taub alle Finger. Sie beschwor den Soldaten, der sie über einen schmalen, verwinkelten Gang ins Badezimmer geführt hatte, er möge doch eine Frau holen gehen, eine Mitgefangene, die könnte ihr aus Hemd und Hose helfen. Der Mann wehrte ab; Gefangene, die einander beistanden, das war gegen die Vorschrift. Aber wenn du willst, sagte er, mach ich das. Sara nickte, und er begann sie zu entkleiden.

Die Heimat war auch ein Weinen. Weinen eines Uniformierten, der auf eine nackte Frau starrte, auf die schwärenden Wunden auf Saras Rücken, auf den Brüsten, auf Bauch und Beinen. Dem Tränen über die Wangen liefen, während er die Handbrause auf sie gerichtet hielt. Und der einen Monat später seinem Vorgesetzten ein Schreiben überreichte, das Gesuch um Versetzung in die Reserve, mit sofortiger Wirkung.

Die Heimat waren ein Paar Tennisschuhe. Sie gehörten zu einem Mann, der sich regelmäßig nach Saras Seelenlage erkundigte. Wie geht es uns denn heute. Wie ist das Befinden. Man darf nie den Glauben verlieren. Auch äußerte er sein Befremden darüber, daß die Gefangenen keine Zahnbürsten hatten.

Die Heimat war ein anderer Mann, einer, der ohne Unterlaß schwätzte. Dessen Worte sie noch während der U-Boot-Folter vernahm, als dumpfes Gemurmel, und der immer noch redete, nachdem er ihr den Sack vom Kopf gezogen hatte. Der schwor, sich nie mehr in seinem Leben zu einem Sondereinsatz in Argentinien zu melden. Eher wolle er streunende Hunde einfangen oder Müll sammeln oder im Norden Zuckerrohr schneiden. Keine zehn Pferde würden ihn dazu bringen, noch einmal zuzusehen oder mitzumachen, wie die Brüder dort aufs Ganze gingen. Die Leute umbringen, das ist doch keine Art, oder. Sag schon, daß das keine Art ist.

Er wartete, bis Sara wieder zu Atem kam, dann fuhr

er fort: Die töten, wir züchtigen. Das ist ein Unterschied!

Sara wußte nicht, was die Militärs mit ihr vorhatten. Sie lebte, das war fürs erste anstrengend genug. Die Folter empfand sie als höllisches Ritual, im Grunde genügte den Männern, daß sie die Frau hatten. Mauricio sei ihnen durch die Lappen gegangen. Abgehauen, das Schwein, hat dich im Stich gelassen. Über Simón bekam sie nichts heraus. Schweigen oder eine ausweichende Antwort, manchmal der eifrige Vorwurf: Siehst du, kommt davon. Jetzt sitzt du in der Patsche. Trost empfing sie nur von den Mitgefangenen; im Schlafsaal wurden ihnen, als besondere Vergünstigung, die Augenbinden abgenommen. Da sah sie, daß auch Asilú überlebt hatte. Sie durften nicht reden, so streichelten sie einander mit Blicken, sprachen sich Mut zu, mit Lächeln und heimlich in der Fingersprache, die sie als Kinder gelernt hatten. Sooft Offiziere zur Inspektion kamen, mußten sie wieder Binden tragen. Der Tod lag also hinter ihnen.

Sogar Gavazzo zeigte sich überrascht. Einmal, nachts, als sie in Handschellen auf der Matratze lag, stieß er Sara mit dem Fuß an und sagte zu seinem Begleiter: Unglaublich, was die aushält. Vor ein paar Tagen noch am Abkratzen, und jetzt das blühende Leben in Person.

Eines Nachts wurden sie in aller Eile in einen Bus verladen. Zehn Tage zuvor, am 4. August, hatte ein

Sprecher des State Department in Washington bekräftigt, daß Uruguays Sicherheit ernsthaft bedroht sei. Eben sei in Montevideo ein Terrorkommando unschädlich gemacht worden, das von Argentinien aus heimlich die Grenze überschritten habe. Es habe eine Reihe von Anschlägen geplant, auch gegen Niederlassungen nordamerikanischer Konzerne.

Am Tag nach dieser Enthüllung, heißt es, ließ sich der Chef des Generalstabs mit Botschafter Siracusa verbinden. Sie haben alles kaputt gemacht, schrie er in den Hörer. Wir wollten die Aktion bis zuletzt geheimhalten. Wie stehen wir jetzt da.

Siracusa habe gelassen reagiert. Ich verstehe Ihren Unmut. Aber wir durften nicht länger zuwarten. Wir brauchten Argumente, für die Verlängerung der Militärhilfe. Sonst wäre es noch gestern zur Abstimmung gekommen. Lassen Sie sich davon nicht beirren. Bereiten Sie das Unternehmen in aller Ruhe vor. Vergessen Sie nicht, Uruguay ist von den Vereinigten Staaten weit entfernt. Niemand in Washington wird an einer kleinen Zeitdifferenz Anstoß nehmen.

Vom neuen Zwinger vermochte Sara nur zu sagen, daß er in einem Kellerabteil eingerichtet war, eine halbe Fahrstunde vom alten entfernt, an einer belebten Straße mitten im Zentrum; tagsüber und bis spät in die Nacht brausten Autos vorüber, Motorräder knatterten, gelegentlich heulte die Sirene eines Rettungswagens. Sogar die heisere Stimme eines Zeitungsverkäufers war zu hören, die mit Schlagzeilen lockte, Ufo in Durazno gesichtet, Rififi im Wohnpark Artigas, zehn Landsleute im Bermuda-Dreieck verschollen.

Am 26. August wurden sie Major Gavazzo vorgeführt. Sie mußten strammstehen, in zwei Reihen, Gavazzo lief zwischen ihnen auf und ab. Er verlangte Dankbarkeit, auf ewig, seine Stiefel sollten sie ihm küssen, dafür, daß er sie nicht habe verrecken lassen. Wer nach Buenos Aires zurück will, soll vortreten. Niemand rührte sich. Er lachte. Dann sagte er, sie würden jetzt ein kleines Tauschgeschäft tätigen. Auch wenn sie es nicht verdienten, habe er beschlossen, ihnen das Leben zu schenken. Vorausgesetzt, sie unterzeichneten ein Protokoll, wonach sie in Uruguay verhaftet worden seien. Wer sich weigert, wird liquidiert. Wer unterschreibt, rettet seine Haut. Ein paar Jahre hinter Gittern, mit allem Komfort. Wieder lachte er, gab ihnen einen Tag Bedenkzeit, schlug höhnisch die Hacken zusammen und verschwand.

Die Gefangenen lehnten ab. Gavazzo ließ sie blutig schlagen, da wußten sie, er war auf sie angewiesen. Am 1. September versuchte er es ein zweites Mal. Auch diesmal wiesen sie sein Angebot zurück. Ihr zwingt mich, euch nach Argentinien zurückzuschicken, sagte er. Oder ich lasse euch an Ort und Stelle krepieren. Vergeßt nicht, ihr seid Verschwundene. Ihr existiert nicht. Keiner weiß, daß ihr noch am Leben seid.

Die Verhandlungen gestalteten sich langwierig. Saras Zuversicht wuchs im selben Maß, in dem die Wut und Ungeduld des Majors zunahm. Sie stellte Vermutungen an, weshalb den Militärs daran gelegen war, sie zum Leben zu erwecken. Sie träumte von Volksmassen, die auf Spruchbändern ihre Freilassung forderten, von Demonstranten, die vor dem Präsidentenpalast ihre Namen skandierten. Sie dachte auch an eine große Kampagne, die Mauricio im Ausland gestartet hatte. Sara versuchte sich vorzustellen, wie er durch Städte lief, die sie nur vom Hörensagen und von Ansichtskarten kannte, Mexiko, Caracas, Stockholm oder Paris, wie er auf Abgeordnete einredete, flammende Reden hielt, bei Kundgebungen Unterschriften sammelte. Oder mit Simón in den Armen, stolz und wehmütig und besorgt, nichts falsch zu machen. Sie sah Simón in seinem Korb liegen, in einem fremden Zimmer, in das Mauricio alle fünf Minuten nachschauen kam, auf Zehenspitzen, ob das Kind auch wirklich schläft. Sie sah ihn auch in einer Kinderkrippe der Stadt Buenos Aires, zusammen mit zwanzig anderen Säuglingen in einen Saal gesperrt, ein Gitterbett, in dem er strampelt und schreit, vor Hunger, Schmutz und Ferne, mit den kurzen Armen ruckt, sich aufbäumt, endlich einschläft und noch im Schlaf schluchzt.

Da beschloß Sara, die Partei zu verraten. Immer wieder war sie nach den Autos gefragt worden, mit denen sie in Argentinien Flugblätter und Propagandaschriften transportiert hätten. In ihrer stockend vorgebrachten Aussage belastete Sara einen Gefährten, der schon Mitte Juni nach Europa geflüchtet war. Zusammen mit ihm habe sie einen roten Lieferwagen gekauft, Marke Ford, an das Modell könne sie sich beim besten Willen nicht mehr erinnern. Sie hätten vorgehabt, das Fahrzeug ein paar Tage später abzuholen, dazu sei keine Gelegenheit mehr gewesen. Es stehe wohl immer noch in der Garage des Autohändlers, in einer Querstraße zur Avenida Rivadavia, ungefähr auf Höhe der Plaza Pueyrredón. Sie hoffte, es würde einige Zeit verstreichen, ehe die Militärs dahinterkamen, daß sie gelogen hatte. Aufs erste waren sie jedenfalls zufriedengestellt. Diese Gelegenheit nutzte Sara, um den Mann, der ihr Geständnis aufnahm, nach dem Schicksal ihres Kindes zu fragen. Aber ihre Hoffnung, sie würde als Belohnung zu hören bekommen, was mit Simón geschehen sei, erfüllte sich nicht. Auch diesmal behaupteten die Wärter, daß ihnen der Fall gänzlich unbekannt sei. Sie würden sich umhören, sofern sich Sara weiterhin gesprächsbereit zeige.

Erst Anfang Oktober kam es zu einem Übereinkommen zwischen Gavazzo und den Gefangenen. Fünf von ihnen, darunter Sara, sollten während eines illegalen Treffens in einem Wochenendhaus überrascht werden. Sie hätten bloß eine Verurteilung wegen subversiver Verschwörung sowie wegen mehrerer kleiner Delikte wie Dokumentenfälschung, staatsfeindliche Propaganda und illegaler Grenzübertritt zu erwarten.

Neun Gefangene wollte man in verschiedenen Hotels der Hauptstadt festnehmen. Ihnen würde man wegen Beihilfe zu subversiver Verschwörung den Prozeß machen. Alle anderen müßten lediglich eine Erklärung unterschreiben, derzufolge sie aus freien Stücken nach Montevideo zurückgekehrt seien und ihre Entführung in Buenos Aires bloß vorgetäuscht hätten. Dafür versprach ihnen Gavazzo, daß sie nach zwei Jahren Haft, die sie im Kerker des Geheimdienstes abzusitzen hätten, freikommen würden; die Ehepaare unter ihnen würden sich eine Zelle teilen dürfen, sie würden gut verköstigt und dürften alle vier Wochen in öffentlichen Parkanlagen ihre Angehörigen sehen. Der Vertrag sah weiters vor, daß sich alle Gefangenen verpflichteten, einen vom Geheimdienst bestellten Militär als Pflichtverteidiger anzuerkennen.

Nachdem der Pakt ausgehandelt worden war, mietete ein Offizier, Nummer 306, mit falschen Papieren und aufgeklebtem Schnauzer die ›Villa Susy‹ im Badeort Shangrilá, wenige Kilometer außerhalb Montevideos. An den folgenden Tagen konnten die Nachbarn der Villa, deren Garten von allen Seiten einzusehen war, immer wieder Männer beobachten, die längliche Bündel und Kisten ins Haus schafften und sich auf der Terrasse über Schriftstücke beugten oder lange Besprechungen abhielten. Sie gaben sich unbekümmert und mißtrauisch zugleich, verdunkelten einmal sorgfältig alle Fenster, hantierten das nächste Mal mit automatischen Gewehren, blickten finster, grüßten freundlich, stellten das Radio auf volle Lautstärke. Sie waren nicht geheuer, und sie unternahmen alles, um keinen Zweifel daran aufkommen zu lassen.

Am 23. Oktober, einem Samstag, verließen gegen Mittag vier Personen, zwei Frauen und zwei Männer, ein einstöckiges Gebäude am Bulevar Artigas, drei Straßen von der Dieciocho de Julio entfernt. Die beiden Frauen traten unsicher auf, sie taumelten, wie Menschen, die lange Zeit unter Tag verbracht haben. Dann setzten sie sich in ein Auto, das ihnen ihre Begleiter anwiesen. Auf ein Wort des Fahrers brachten sie die ersten Minuten in geduckter Stellung zu; erst als er in die Küstenstraße einbog, durften sich die Frauen aufrichten. Wegen des dichten Ausflugsverkehrs kamen sie nur langsam voran. Nach zwanzig Minuten hielten sie an einem Straßenmarkt, stiegen aus und trennten sich. Der Beifahrer und eine der Frauen kauften Gemüse und Salat. Die Frau war schmal und ungewöhnlich blaß; der Marktfrau fiel auf, daß sie an den Händen und Unterarmen mehrere halb verheilte Brandwunden hatte und daß ihre Gelenke wund waren. Ferner sollte der Verkäuferin in Erinnerung bleiben, daß der Mann, der die Frau begleitete, mit einem neuen Tausend-Peso-Schein zahlte, so daß sie erst wechseln gehen mußte. – Das zweite Paar ging in einen Fleischerladen. Es verlangte Rinderbraten. Auch hier zahlte der Mann, auch hier mit großen Scheinen. Als er das Wechselgeld in seine Brusttasche steckte, bemerkte der Fleischer, daß er unter der Jacke, in einem Halfter, eine Pistole trug.

Die Weiterfahrt verlief ohne Zwischenfall. Ihr Ziel, die ›Villa Susy‹, erreichten sie um 14 Uhr. Während die Männer zwei Kisten ins Haus trugen und im Garten einen Grill aufstellten, machten sich die Frauen in der Küche zu schaffen. Sie wuschen den Salat, schnitten das Fleisch in Scheiben und entkorkten drei Flaschen Wein. Obwohl es nicht an Gewürzen fehlte, bat eine der Frauen, auf Geheiß der Männer, im Nebenhaus um Salz. Als sie zurückkam, traf eben ein Kleinbus vor der Villa ein. Seine Insassen – zwei Frauen und drei Männer – betraten mit ihr zusammen das Haus, grüßten und nahmen in der Diele Platz. Eine Stunde später war das Fleisch gar; sie aßen auf der Terrasse, schweigend und hastig. Dann löschten sie das Feuer im Kohlebecken, gingen ins Haus und warteten.

Punkt fünf Uhr wurden die Bewohner und Gäste des Badeortes aus ihrer Ruhe geschreckt. Mit Sirenengeheul und Blaulicht rasten Jeeps auf die Villa zu. Männer in Kampfanzügen sprangen aus den Autos und riegelten den ganzen Block ab, gestatteten aber, daß Passanten von der nächsten Ecke aus zusahen. Mit einem Megaphon wurden die im Innern der Villa aufgefordert, sich zu ergeben und mit erhobenen Armen, einzeln, im Abstand von jeweils zehn Schritten, das Haus durch die Vordertür zu verlassen. Eine Viertelstunde verging, ohne daß sie dem Befehl Folge leisteten. Daraufhin setzte ein Dutzend Soldaten zum Sturm auf die Villa an. Sie liefen zwischen den Fahrzeugen auf die Gartenmauer zu, warfen sich zu Boden, schnellten hoch, sprangen in den Vorgarten, robbten durch Blumenbeete, rannten geduckt auf das Haus zu, preßten sich gegen die Fassade und postierten sich zu beiden Seiten des Windfangs. Einer nahm Anlauf und trat gegen die Tür. Die Zuschauer hielten den Atem an, als die Männer, Maschinenpistolen im Anschlag, im Haus verschwanden. Der letzte, ein Leutnant namens Pedro Matta, warf die Tür hinter sich zu. In der Diele ließ er sich in einen Sessel fallen und schlug sich lachend auf die Knie. Verrückt, japste er. Aber macht Spaß!

In einem Konvoi wurden die Festgenommenen langsam aus dem Ort gefahren. In Montevideo kreisten sie zwei, drei Mal um das Stadion Centenario, in dem eben das Schlagerspiel zwischen Peñarol und Nacional zu Ende gegangen war, die Zuschauer strömten auf die Straße, die Streifenwagen kamen nur im Schritttempo voran.

Fünf Tage später gab die Pressestelle der Gemeinsamen Streitkräfte bekannt: daß den Sicherheitsorganen im Verlauf der letzten Tage ein schwerer Schlag gegen das politische Banditentum gelungen sei; daß dieselben vor Monaten durch vertrauliche Hinweise auf die Umtriebe gewissenloser Extremisten aufmerksam geworden seien, die, unter dem Vorwand politischer Verfolgung, in Buenos Aires die Gastfreundschaft des Nachbarlandes mißbraucht hätten, um Lügen über die öffentlichen Körperschaften Uruguays auszustreuen; daß sie, nicht genug damit, darangegangen seien, sich für bewaffnete Einsätze zu schulen, wozu sie ein außerhalb der argentinischen Hauptstadt gelegenes Gut gemietet hätten; daß sie nicht davor zurückgeschreckt seien, im Verlauf weniger Monate fünf Polizisten zu ermorden; daß sie, zum Zwecke der Geldbeschaffung, den jüdischen Industriellen Federico Hart entführt und erst gegen ein Lösegeld von 10 Millionen Dollar freigelassen hätten; daß sie nach und nach, unter Verletzung der Melde-, Zoll- und Ausweispflicht, heimlich in Uruguay eingedrungen seien; daß einer von ihnen, unter mißbräuchlicher Verwendung eines gestohlenen Personaldokuments, ein Sommerhaus im Badeort Shangrilá, die ›Villa Susy‹, für die Dauer von drei Wochen gemietet und im voraus bezahlt habe; daß sie dortselbst ein umfangreiches Waffenlager angelegt hätten; daß sie die Villa zudem als Versammlungsort genützt hätten; daß sie während der Dauer dieser Zusammenkünfte Pläne geschmiedet hätten, deren Ziel es gewesen sei, die öffentliche Ordnung mittels Mordanschlägen, Entführungen, Hetzparolen und Sabotageakten zu erschüttern; daß nämlich die Rädelsführer jener subversiven Verschwörung ein Komplott zur Ermordung hochgestellter Persönlichkeiten des öffentlichen Lebens, insbesondere solcher jüdischen Glaubens, ferner des Außenministers, des ehemaligen Finanzministers, des Ministers für Landwirtschaft und Fischfang, des Herausgebers einer Tageszeitung sowie des uruguayischen Gesandten in Brasilien geplant hätten; daß sie den Hafen von Montevideo mittels einer an der Bordwand eines Öltankers angebrachten Sprengladung in ein Flammenmeer hätten verwandeln wollen; daß sie beabsichtigt hätten, mehrere hochrangige Offiziere der Armee teils zu töten, teils zu entführen, letzteres, um für ihre Freilassung hohe Geldsummen zu fordern. Dem schnellen und effektiven Vorgehen der Sicherheitskräfte sei es zu verdanken, daß diese apokalyptische Vision nicht blutige Realität geworden sei. Buchstäblich im letzten Augenblick habe entschlossenes Handeln das Schlimmste verhindert. Insgesamt 62 Terroristen, allesamt Mitglieder der sogenannten Partei für den Sieg des Volkes, seien bis dato dingfest gemacht worden. Die fünf Rädelsführer, unter ihnen vier Frauen, davon eine mit Namen Sara Rita Méndez Lompodio alias ›Margarita‹, seien in Shangrilá aufgestöbert und in Gewahrsam genommen worden. Die dort zum Einsatz gekommenen Mannschaften von Polizei und Armee hätten rasch gehandelt, so daß die fünf Delinquenten, wiewohl sie bis auf die Zähne bewaffnet gewesen seien, keine Gelegenheit zur Gegenwehr gefunden hätten. Noch am selben Tag seien neun weitere Mitglieder der Organisation in mehreren Hotels und Pensionen der Hauptstadt, wo sie auf nähere

Instruktionen gewartet hätten, von Agenten der öffentlichen Sicherheit verhaftet worden. Weitere Festnahmen seien zu erwarten.

An den folgenden Tagen widmeten ›El País‹, ›La Mañana‹ und ›El Diario‹, drei Tageszeitungen, die jede Ausgabe einem Zensor zur Begutachtung vorlegen mußten, dem Geschehen breiten Raum. Sie veröffentlichten ein zweites Kommuniqué der Streitkräfte, zusammen mit umfangreichem Bildmaterial, das die Pressestelle zum Abdruck empfohlen hatte: Porträts der Verhafteten, Aufnahmen vom Waffenversteck im Kamin, von der Vorderseite der Villa, von der Zufahrt zur Garage, vom Abtransport der Festgenommenen. Besonders ausführlich wurden die abgefeimten Machenschaften der Partei für den Sieg des Volkes gegeißelt; sie habe durch kostspielige Anzeigen in Zeitungen wie ›Business Week‹, ›Time‹, ›New York Times‹ und ›La Vanguardia‹ versucht, Uruguay in Mißkredit zu bringen. Während die Führer von Europa aus das vorgebliche Verschwinden ihrer Genossen dem argentinischen und sogar dem nationalen Geheimdienst angelastet hätten, seien diese nach Uruguay zurückgekehrt, um hier ein Blutbad anzurichten. – Die Villenbesitzer Shangrilás zeigten sich überrascht und, im nachhinein, verängstigt. Verbrecher, so nahe, praktisch nebenan. Schließlich habe man Kinder.

Nach einer Woche wurde Sara der Presse vorgeführt. Zuvor hatte man die Gefangenen ein paar Tage hindurch, jeweils für eine halbe Stunde, in den Hinterhof gesperrt, zum Sonnen, um das in der Stadt umgehende Gerücht zu entkräften, sie würden sich schon seit Juli in den Händen der Armee befinden.

Major Gavazzo leitete die Pressekonferenz. Er führte die Journalisten durch die ›Villa Susy‹, zeigte ihnen das Waffenlager und eine Kiste mit Flugblättern, entschuldigte sich für die Unordnung, die, wie er behauptete, durch den verzweifelten und skrupellosen Widerstand der Terroristen hervorgerufen worden war, und stellte den Anwesenden frei, sich nach eigenem Gutdünken in dem Haus umzusehen. Dann bat er sie um Verständnis dafür, daß es nur dem Untersuchungsrichter gestattet sei, die Verhafteten zu befragen. Nun wurden die Gefangenen, die in einem Kleinbus nach Shangrilá gebracht worden waren, angehalten, das Haus zu betreten. Schweigend zogen sie, im Gänsemarsch, an den Journalisten vorüber. Das andächtige Grauen der einen, die kaschierte Skepsis der anderen, dazu noch Gavazzos geheuchelte Abscheu, das Klikken und Surren der Kameras – Sara spürte plötzlich den unwiderstehlichen Drang, lauthals zu lachen. Sie starrte auf den Rücken ihres Vordermannes, schon zuckte es um ihre Mundwinkel, sie biß sich auf die Lippen, da sie Handschellen trug, konnte sie nicht die Hände vors Gesicht schlagen. So prustete sie los, gerade als Gavazzo sagte, merken Sie sich die Gesichter, man sieht ihnen gar nicht an, wozu sie fähig sind. Noch während der Rückfahrt krümmte sich Sara vor Lachen, wieherte, gluckste, kicherte, mit tränennassem Gesicht.

Der politische Nutzen des Unternehmens war gering. In Washington hatte der Kongreß schon Wochen vor der inszenierten Festnahme gegen die Verlängerung der Militärhilfe gestimmt. Anfang November forderte eine Initiative zum Schutz der Menschenrechte den neugewählten Präsidenten Carter auf, den Botschafterposten in Uruguay neu zu besetzen. Ernest Siracusa habe nicht die Interessen der Vereinigten Staaten, sondern jene der Militärdiktatur wahrgenommen. Nur wenige schenkten den Beteuerungen Glauben, Sara und ihre Gefährten hätten die Entführung in Argentinien bloß vorgetäuscht. Denn in Buenos Aires verschwanden weiterhin Männer, Frauen und Kinder.

An ihrem letzten Tag in Verwahrung des Geheimdienstes bemühte sich Sara ein weiteres Mal, Auskunft über Simóns Schicksal zu erhalten. Da sich die Gefängnisverwaltungen außerstande sahen, die Häftlinge mit Bettwäsche zu versorgen (es ging die Rede, daß auf fünfzig Bürger ein politischer Gefangener kam), und da die Militärs überdies der Meinung waren, die Delinquenten hätten selbst für ihren persönlichen Bedarf zu sorgen, wurde ein Soldat ausgeschickt, um von den Angehörigen der Verhafteten Leintücher und Unterwäsche einzufordern. Sara flehte ihn an, ihre Verwandten nach Simón zu fragen. Bei seiner Rückkehr teilte er ihr mit, daß sie ohne Nachricht seien. Ihre Bemühungen, das Kind zu finden, seien umsonst gewesen. Sie hätten überall gesucht und in Buenos Aires sein Verschwinden angezeigt.

Sara hörte sich die Worte des Soldaten ohne sichtbare Erregung an. Erst als er gegangen war, weinte sie still vor sich hin. Dann trommelte sie mit den Fäusten gegen die Tür, bis ein Wärter vom Gang her brüllte, sie möge sich ruhig verhalten, andernfalls lasse er sie krummschließen. Sara verlangte, dem Major Gavazzo vorgeführt zu werden, sie habe ihm eine wichtige Mitteilung zu machen. Der Wärter entfernte sich, kehrte aber nach einiger Zeit zurück, sperrte auf und führte Sara aus der Zelle.

Gavazzo erwartete sie, hinter einem Schreibtisch sitzend, in einem geräumigen, sparsam möblierten Zimmer. Am Fenster stand ein zweiter Offizier, ein etwa vierzigjähriger Mann mit eckigem Schädel, Hamsterbacken und auffallend kleinem Mund, der sich halb umdrehte, als Sara das Büro betrat. Gavazzo fragte, was ihm die Ehre ihres Besuches verschaffe. Simón, sagte Sara, bitte sagen Sie mir, wo ist er! Der Major runzelte die Stirn, ungehalten oder verwundert, als könne er sich kaum noch an die Geschichte erinnern. Dann forderte er sie auf, ihr Anliegen in aller Kürze vorzutragen. Sara nannte ihm Ort, Zeitpunkt und Umstände ihrer Entführung und sagte, daß er sie gezwungen habe, ihr Kind zurückzulassen, einen Buben, 20 Tage alt, von auffallend hellem Teint und mit rötlichem Haar. Ich habe ihn noch in den Korb gelegt, einen Weidenkorb, wissen Sie, in dem hat er immer geschlafen. Während sie sprach, zog Gavazzo einen Kalender aus der Tasche und machte sich Notizen. Sara sagte, bisher habe sie gehofft, ihr Vater würde Simón in Buenos Aires gefunden haben. Aber heute mittag habe sie erfahren, daß auch er ohne Nachricht sei. Erfahren von wem, fragte Gavazzo. Vom Soldaten, der meine Wäsche abgeholt hat, erwiderte Sara. Gavazzo wechselte einen Blick mit dem Mann am Fenster, ehe er sagte, das habe nichts zu bedeuten, wahrscheinlich habe ihr Vater gelogen. Weshalb sollte er lügen. Weil er das Kind heimlich nach Uruguay gebracht hat, ohne Erlaubnis der Behörden. Das glaub ich nicht! Gavazzo schwieg, trommelte mit dem Kugelschreiber auf die Tischplatte. Sara: Das hätte er dem Soldaten sicher gesagt. Gavazzo schwieg immer noch. Sara zitterte. Flüsterte oder rief um Erbarmen, Simón, bitte, helfen Sie mir. Also gut, sagte Gavazzo, wir werden der Sache nachgehen. Obwohl wir genug am Hals haben. Ich bin überzeugt, daß deine Familie das Kind hat. Und wenn nicht? Dann, sagte der Offizier am Fenster, werde ich das Kind in Buenos Aires suchen. Ich werde es finden und zu deiner Familie bringen. Man darf nie den Glauben verlieren. Ja, sagte Sara, aber wer sind Sie. O Verzeihung, sagte Gavazzo zu dem andern, ich habe ganz vergessen, dich vorzustellen. Und zu Sara sagte er: Das ist Nummer 301, mein Vorgesetzter. Wir halten dich auf dem laufenden. Falls ich mich nach einer Woche nicht gemeldet habe, bittest du um einen neuen Termin.

Am nächsten Morgen wurde Sara nach Punta de Rieles überstellt, in ein ehemaliges Kloster am Stadtrand von Montevideo, das von der Armee als Frauengefängnis genutzt wurde. Etwa 200 Gefangene waren im Hauptgebäude untergebracht, der Rest in zwei Baracken, in denen die Gefängnisordnung freier gehandhabt wurde. Die Frauen waren auf vier Sektoren verteilt. Sie trugen graue Hosen und graue Jacken mit aufgenähten Taschen in der Farbe des jeweiligen Sektors: rot, gelb, blau oder schwarz. Rot war die Farbe der für gefährlich erachteten Häftlinge, Saras Farbe. Auf der rechten Brusttasche und am Rücken war die Nummer jeder Gefangenen vermerkt. Sara erhielt die Nummer 349. Gleich nach ihrem Eintreffen wurden ihr die Haare geschnitten.

Weder Gavazzo noch sein Vorgesetzter ließen ihr eine Nachricht zukommen. Deshalb stellte sie nach einer Woche den Antrag, mit Major Gavazzo sprechen zu dürfen. Daraufhin ließ sie der Gefängnisdirektor vorführen. Weshalb, wollte er wissen. Eine persönliche Angelegenheit, sagte Sara, der Herr Major weiß Bescheid. Der Mann zerriß ihr Gesuch. Dann ließ er sie, ohne weitere Erklärung, zurück in die Zelle bringen.

In der Zelle waren zehn Frauen, fünf Stockbetten, eine Neonröhre, ein vergittertes Fenster, eine Scheibe, die mit dicker weißer Farbe übermalt war. Statt einer Tür hing ein eisernes Gatter in den Angeln. Im Gang vor der Zelle war der Spind für Unterwäsche und Betttücher, daneben eine aufgebockte Holzplatte, auf ihr standen Thermoskanne, Dosen mit Kaffee, Yerba, Zucker. Unter der Platte eine Schachtel, in der die Frauen Obst aufbewahrten, das ihnen ihre Angehörigen schicken durften. Bücher waren verboten. Zeitungen waren verboten. Radios waren verboten. Es war verboten, rote Halstücher oder rote Strümpfe zu tragen, und verboten waren auch das Singen und das Pfeifen. Sie durften stricken und weben, aber es war nicht gestattet, Tauben oder Pferde darzustellen. Alle zwei Wochen durften sie einen Brief von zwei Seiten zu je 27 Zeilen schreiben und alle zwei Wochen einen Brief empfangen. Es war ihnen untersagt, von ihrem Leben im Zuchthaus zu erzählen, und die Briefe ihrer Angehörigen durften nichts enthalten, was über familiäre Angelegenheiten hinausging. Was wäre auch zu berichten gewesen – daß ein Mann in der Tageszeitung ›El Día‹ eine Anzeige aufgibt, in der er eine Niere im Tausch gegen einen Arbeitsplatz anbietet; daß eine Frau in einen Lebensmittelladen kommt, um ein Ei zu kaufen, oder zwei Kartoffeln, oder eine Zwiebel, oder

100 Gramm Mehl; daß sechsjährige Kinder in den Bussen Kugelschreiber, Kämme und Nagelfeilen verkaufen oder vor Ampeln für ein Trinkgeld Windschutzscheiben putzen. Und vom Alltag im Gefängnis hätte sich bloß erzählen lassen, daß die Frauen jeden Morgen um sechs zum Fahnenappell antraten, daß sie zur Gartenarbeit ausrückten, Wege anlegten, Erde umstachen, Gras säten, daß sie nachmittags in der Küche Töpfe und Pfannen scheuerten, daß sie gegen ihren Willen einen Grundkurs in angewandter Psychologie absolvierten, zu spüren bekamen, was sich hinter dem Begriff der negativen Verstärkung verbirgt. Einmal, während Sara und ihre Gefährtinnen auf Arbeit waren, durchstöberten Männer des Wachtrupps den Zellentrakt; sie schlitzten Polster und Matratzen auf, beschmierten Handtücher mit Zahnpasta, verstreuten Zucker und Yerba, zerknüllten Fotos, stahlen Briefe. Bei ihrer Rückkehr mußten die Frauen saubermachen. Als Nummer 349 erklärte, daß nicht sie die Verwüstung angerichtet hätten, wurde sie mit vierzehn Tagen Zellenarrest bestraft. Nach Ablauf der Strafe führte sie eine Wärterin in den Garten, arbeiten. Zehn Minuten später teilte ihr die Aufseherin mit, daß sie wegen ungenügender Arbeitsmoral die Zelle zwei Wochen lang nicht verlassen dürfe.

Mit dem Gefängnisarzt wollte sie nichts zu tun haben. Für alle Beschwerden wußte er Abhilfe, dank Valium. Sara warf die Pillen in die Kloschüssel. Sie war nicht krank. Nur die Haare fielen ihr aus, in Büscheln. Dann die krampfartigen Schmerzen im Magen. Sie lag gekrümmt auf der Pritsche, erbrach, die Frauen wechselten sich stundenweise ab, um sie zu pflegen. Mit der Zeit wurden auch alle Zähne locker, weil sie im Schlaf das Gebiß wie mit einer eisernen Klammer zusammenhielt.

Nachts lag sie lange wach. Immer wieder reiste sie zurück in die Calle Juana Azurduy, in die Stunden nach ihrem Verschwinden: Ein paar Männer bleiben auf Befehl Gavazzos in dem Haus. Sie legen sich auf die Lauer, um Mauricio zu kriegen. Nach drei, höchstens vier Stunden wird Simón unruhig. Er will die Brust, er beginnt zu schreien. Einer der Männer geht in die Küche, dort findet er Milch, auch ein Fläschchen. Er macht die Milch warm. Gierig beginnt Simón zu trinken. Aber dann verzieht er den Mund. Der Mann schiebt ihm den Sauger in den Rachen. Simón will nicht trinken. Er brüllt. Schaff den Balg aus dem Haus, sagt der Anführer des Trupps. – Nein, anders: Simón schreit, aber die Männer kümmert's nicht. Sie stellen seinen Korb hinauf ins Arbeitszimmer. Soll er ruhig plärren, sagen sie, der Köder ist ausgelegt, Gatti geht uns in die Falle. Aber der kommt nicht in dieser Nacht, der kommt nicht am nächsten Morgen, der kommt nicht zu Mittag. Hat Lunte gerochen. Jetzt müssen sie schauen, wie sie das Kind loswerden.

Erste Variante, ein Soldat gibt Simón in einem Waisenhaus ab. Er läutet, eine Schwester öffnet, er streckt ihr ohne Kommentar das Kind entgegen. Zweite Variante, eine Kirche in der Vorstadt. Der Soldat legt Simón neben den Weihwasserkessel. Es ist kalt, kälter noch als im Freien. Aber eine alte Vettel wird ihn schon finden. Dritte Variante, er kurvt durch Belgrano. In einer stillen Seitenstraße hält er, packt den Kleinen, legt ihn vors Hausportal. Vierte Variante, der Soldat kennt einen Hauptmann, dessen Ehe kinderlos geblieben ist. Keiner von den Scharfen. Hat oft ein Auge zugedrückt. Jetzt könnte ich mich erkenntlich zeigen, denkt der Soldat.

Es gab noch eine fünfte Variante. Sara glaubte nicht an sie. Wenn Mauricio lebt, dachte sie, lebt auch Simón.

In den viereinhalb Jahren, die sie in Punta de Rieles zubrachte, wurde ihr nur einmal ein Brief von Mauricio ausgehändigt. Er trug die Unterschrift ihres Bruders, aber es waren seine Schriftzüge, Sara hätte sie unter Tausenden erkannt. Er erzählte von einem Abendessen in Paris, bei der Mutter einer Verschwundenen, nannte die Decknamen der anderen Gäste, so wußte sie, daß Freunde lebten, die sie für tot gehalten hatte. Zuletzt schrieb er: Erinnerst Du Dich noch an die Geschichte von den Tieren im Zoo. An das Mädchen, das sie zum Hafen führt. Ich habe den Schluß nie abgeändert. Jetzt schreibe ich ihn neu, für Dich. Natürlich fährt das Mädchen mit in den Urwald. Es gibt kein Winken zum Abschied, nur Küsse, beim Wiedersehen.

Später, als es ihren Angehörigen gestattet war, sie zweimal im Monat zu besuchen, erfuhr Sara, daß Mauricio in Barcelona lebe. Er würde manchmal anrufen, sagte Saras Vater, lasse sie ganz herzlich grüßen. Und Simón, fragte Sara jedesmal, habt ihr auch überall gesucht. Ja, antwortete er, und wir geben nicht auf. Hab Vertrauen. Wir suchen weiter, in allen Waisenhäusern von Buenos Aires, und in allen Pfarren. – Aber das sagten weder ihr Vater noch ihre Geschwister, denn da saßen, zu beiden Seiten der Mauer aus Stahlbeton und Panzerglas, die sie voneinander trennte, zwei Aufseherinnen und hörten mit. Verständigen konnten sie sich nur über eine Sprechanlage, die ihre Stimmen verzerrte, so daß Kummer höhnisch klang und Freude kalt. Bei jeder Begegnung war Sara in Schweiß gebadet, die Jacke klebte am Rücken, sie sah den Schweiß von ihren Armen tropfen. Schon am Vorabend geriet Sara in einen Zustand unruhiger Beklemmung, nachher fühlte sie sich leer und erschöpft, so vieles, das ungesagt bleiben mußte. Dazu kam, daß ihr Vater beim geringsten Anlaß nasse Augen bekam; wenn er gegen die Tränen ankämpfte, wurde allen schwer ums Herz. – Saras jüngere Schwester war medizinisch-technische Assistentin in einem öffentlichen Ambulatorium. Ihr wurde geraten, die Besuche im Gefängnis zu unterlassen, andernfalls würde man auf ihre Dienste verzichten. Die andere Schwester, María del Carmen, war mit Gavazzos Schwester zur Schule gegangen; als sie hörte, daß er an Simóns Verschwinden beteiligt war, suchte sie die ehemalige Mitschülerin auf, flehte sie an, bei ihrem Bruder ein gutes Wort einzulegen, bekam nur Ausflüchte zu hören, wie schrecklich, aber nein, er hat damit nichts zu tun, sicher nicht. Monate später erhielt María del Carmen einen Anruf, Männerstimme, hör auf herumzuschnüffeln, sonst könnte deinen Kindern was passieren.

Sara ohne Simón, für wie lange. Beim Wäscheaufhängen im Hof sah sie die Kinder, die am Sonntag ihre Mütter im Gefängnis besuchen durften, hörte ihr Kreischen, sah einem Mädchen zu, das auf wackligen Beinen die ersten Schritte wagte, ehe es sich in die Arme seiner Mutter warf. Simón würde jetzt auch schon laufen. Einmal sagte ihr Ana Inés Quadros, die ebenfalls in Buenos Aires verschleppt worden war, Oberstleutnant Buratti habe sie in der Zelle aufgesucht. Er habe sie gefragt, wie Sara mit der Abwesenheit ihres Kindes zurechtkomme. Wer ist Buratti, fragte Sara. Nummer 301, erwiderte Ana Inés.

Im Oktober 1977 inspizierte der britische Botschafter das Gefängnis. Die Londoner Regierung hatte den Ankauf von mehreren tausend Tonnen Gefrierfleisch an die Bedingung geknüpft, daß der Botschafter sich persönlich von der Lage der politischen Gefangenen ein Bild machen könne. Punta de Rieles bot dafür günstige Voraussetzungen: es war sauber, es war nur mäßig überfüllt, es führte legale Häftlinge, und es lag, was

Mr. Peters zweifellos entgegenkam, nur eine halbe Fahrstunde von seiner Residenz entfernt. Tags zuvor hatten die Frauen den Boden bohnern müssen, dabei war ihnen eingeschärft worden, wie sie sich zu verhalten hätten, nämlich artig, reserviert und stumm.

Der Botschafter traf in Begleitung seines Dolmetschers ein. Vier Offiziere führten ihn durch die Anstalt, nachdem er die Einladung zu einem kleinen Umtrunk, im Büro des Direktors, höflich, aber bestimmt zurückgewiesen hatte. Die Frauen standen in zwei langen Reihen im Gang des Zellentrakts. Der Botschafter ging langsam an ihnen vorüber. Er sagte kein Wort, auch nicht zum Gefängnisdirektor, der um ihn herumschwänzelte und in einem dürftigen Englisch immer wieder zu Erläuterungen ansetzte.

Als die Besucher nur noch wenige Schritte entfernt waren, trat Sara aus der Reihe und bat den Botschafter, sie kurz anzuhören. Sein Begleiter übersetzte, Peters nickte ihr aufmunternd zu. Ohne sich um die eisigen Mienen der anderen Männer zu kümmern, erzählte Sara, laut und hastig zuerst, dann in ruhigem, fast unbewegtem Tonfall, wann und unter welchen Umständen sie von ihrem Kind getrennt worden sei. Sie habe seither nichts von ihm gehört, von Simón Riquelo, merken Sie sich den Namen, verlangen Sie, daß er seiner Mutter zurückgegeben wird. Dann stieß eine Aufseherin Sara zurück in die Reihe, während der Gefängnisdirektor den Gast eifrig weiterbat.

Zur Strafe wurde Sara für einen Monat in den Bunker gesteckt. Die Zelle war leer bis auf eine Matratze, die abends durch die Tür geschoben wurde. Es gab zweimal am Tag Wasser und Brot, aus den Krumen formte sie kleine Figuren, auch Buchstaben, bemühte sich, sie waagrecht und senkrecht zu Wörtern zu reihen. Dann zählte sie alle Hauptstädte auf, und die wichtigsten Jahreszahlen aus der Geschichte. Sie ging spazieren, fünf Kilometer weit, zwei Schritt hin, zwei Schritt her. Sie schaffte sogar zwanzig Liegestütz, fünfzig Kniebeugen. Aber der Tag war noch lange nicht zu Ende. Irgendwann hörte sie Klopfzeichen aus der Zelle nebenan, Fragen in einem rudimentären Code, einmal Klopfen A, zweimal B, dreimal C. Wer bist du. Warum bist du da. Für wie lange. Wer ist noch im Bunker. Ich weiß nicht, antwortete sie. Dann war es still. Sie trat an die Tür, lugte durch den Türspion. Eine Aufseherin schlich auf Zehenspitzen vorüber. – Nacht, neuer Tag. Wieder stand Sara an der Tür. Hielt den Atem an, als sie in der Zelle schräg gegenüber, hinter der anderen Tür, ein Paar schwarze Augen sah. Und die Fragen der Finger. Wer bist du. Wie geht es dir. Am Abend fand sie im Badezimmer, in ihrem Waschbeutel, einen roten Wollfaden. Da weinte sie.

Zwei Jahre später gewährten die Militärs dem Roten Kreuz Zutritt zum Gefängnis. Es hieß, jede, die dies wünsche, dürfe der Abordnung ihr Anliegen vorbringen, unter vier oder sechs Augen, jedenfalls nicht in

Gegenwart eines Aufsehers. Ihre Freundinnen bestürmten Sara, die Gelegenheit zu nützen, da das Rote Kreuz, davon waren alle überzeugt, bei der Suche nach Simón bestimmt weitergekommen war. Mit Herzklopfen wartete Sara, bis sie an die Reihe kam. Aber als sie endlich einem Mitglied der Kommission gegenübersaß, einem blonden Hünen aus Europa, verwandelte sich ihre Vorfreude in jähe Verzweiflung: Weder er noch seine Kollegen hatten bisher von ihrem Schicksal gehört.

Wieder mußte sie von vorn beginnen, den Abend schildern, an dem sie mit Asilú bei Tisch saß und den Tango von der Angst hörte, die man sich selber einredet, den Augenblick, in dem die Tür aufsprang und bewaffnete Männer über sie herfielen, in dem sie um Simón fürchtete, weil sein Korb unter den Hieben der Fremden zu schwanken begann. Der Mann aus Schweden oder Norwegen schwitzte, sie würde seinen gequälten Blick nicht vergessen, seine Erregung, seine gestammelte Bitte innezuhalten, er wolle sich alles notieren, seine fahrigen Bewegungen, mit denen er sich eine Zigarette nach der andern ansteckte, sein Versprechen, ihr zu helfen, das heißt im Rahmen des Möglichen.

Einige Wochen später wurde Sara vor das Militärgericht zitiert. Sie sei zu sieben Jahren Haft verurteilt worden, der Spruch sei rechtskräftig, das Gesetz lasse weder Berufung noch Nichtigkeitsbeschwerde gelten.

Trotz mehrmaliger Drohungen weigerte sie sich, das Urteil zu unterschreiben. Dann wurde sie zurück ins Zuchthaus gebracht.

6

Unterdessen starb der Papst, und bald nach ihm starb auch sein Nachfolger, und auf den Nachfolger des Nachfolgers wurde ein Anschlag verübt, und die Sandinisten befreiten Nicaragua, und die Sowjetarmee fiel in Afghanistan ein, und der Krieg zwischen Irak und Iran brach aus, und in den USA wurde ein neuer Präsident gewählt, und John Lennon wurde ermordet, und Tito starb, und der Schah starb, und Héctor Cámpora starb, und in San Salvador wurde Erzbischof Romero erschossen, während er die Heilige Messe las. Einem bolivianischen General gelang der 189. Staatsstreich in der Geschichte seines Landes, und David Rockefeller von der Chase Manhattan Bank beglückwünschte General Videla für die Fortschritte seiner Regierung bei der Bekämpfung des Terrorismus und bei der Gesundung der argentinischen Wirtschaft. Der Staatsrat von Uruguay ließ über eine Verfassungsänderung abstimmen und verlor das Referendum, aber der Oberbefehlshaber der Seestreitkräfte erklärte, daß niemand befugt sei, den Herrschenden Lehren zu erteilen, und der Präsident der Republik verkündete, daß seine Amtsführung von 63 Prozent der Bevölkerung gutgeheißen werde und daß die restlichen 37 Prozent als

Kommunisten, Aufrührer und rachsüchtige Politbonzen einzustufen seien. Der Erste Mai wurde auf den fünften Mai verlegt, und die Reallöhne sanken um 35 Prozent, und die Armen verließen in stummen Scharen das Land, um an den Rändern der Städte zu siedeln. Die Wissenden schwiegen, und die Ängstlichen vergaßen, und die Hoffenden verzagten. Als aber Sara Méndez an einem lauen Herbsttag in die bedingte Freiheit entlassen wurde, trug sie in sich das Bild des kleinen Simón, denn sie hatte zu viel gesehen und gelitten, um noch ohne ihn weiterleben zu können.

Anfang April 1981 hatte sie erfahren, daß ihre Entlassung unmittelbar bevorstand, aber sie wußte nicht das genaue Datum, und so umarmte sie jedesmal, wenn Nummer 349 aufgerufen wurde, ihre Mitgefangenen, weil sie nicht ohne Abschied freikommen wollte. Dreißig Tage ging das, jeden Tag verließ sie dic Zelle mit den Geschenken der anderen Frauen, einer Strickweste und einem Ohrgehänge aus Rinderknochen, darin eingeritzt Mutter und Kind.

Am einunddreißigsten Tag aber, als sich die Meldung wie ein Lauffeuer ausbreitete, erschrak Sara. Ihr war, als müsse sie in sich hineinkriechen, sich ganz klein machen, ducken, stillhalten, hierbleiben, bei den Vierzigjährigen, deren Strafausmaß 30 Jahre betrug und die darauf gefaßt waren, ihr Leben hinter Gittern zu beschließen; bei den Jüngeren, die mit 18 oder 19 eingeliefert worden waren und erst als reife Frauen das

Gefängnis verlassen würden. Versorgt mit Nachrichten für die Angehörigen der Zurückgebliebenen, ohne andere Last als der des Erinnerns, ging sie auf das Tor zu, und hinter dem Tor warteten schon ihr Vater und ihre Geschwister, samt Stiefmutter, Schwager und Schwägerin.

Zu Hause beim Bruder hingen Girlanden, und ein Pappschild war an den Türstock genagelt: »Willkommen Tante Beba!« Saras Nichten, die es mit rosa Herzen verziert hatten, hockten in einer Ecke und heulten, vor Freude und Scham. Später kamen Nachbarn zu Besuch, Freunde des Bruders und seiner Frau, alle waren erstaunt; sie hatten erwartet, eine verhärmte, einsilbige, von so vielen Stimmen eingeschüchterte Frau vorzufinden. Das Gegenteil war der Fall. Sara redete und redete und hörte nicht auf zu reden.

Anders am nächsten Morgen. Da war sie, im Haus ihrer älteren Schwester, um sechs aus dem Bett geläutet worden. Ferngespräch, aus Spanien. Sie brachte kaum ein Wort heraus. Im letzten Jahr ihrer Haft hatte ihr eine Mitgefangene, die kurz zuvor gefaßt worden war, eines Nachts von Mauricios Alkoholexzessen erzählt, von seiner Sucht, sich zu zerstören, seinen Schuldgefühlen, weil er lebte, während sein Bruder tot und sein Sohn verschwunden war. Auch davon, daß er mit immer neuen Frauen zusammenlebte, daß er die Bedingungen dieses Zusammenlebens bestimmte, nur auf Zeit, sagte er, sobald Sara freikommt, machen wir

Schluß. Nachdem sie dies alles erfahren hatte, war es Sara vorgekommen, als wäre sie binnen weniger Stunden um zehn Jahre gealtert. Jetzt rief er an, ungeachtet der Gefahr, in die er sie und ihre Schwester damit brachte, und schon die zweite Frage war, wann kommst du. Sara stotterte herum, versprach, ihm bald zu schreiben, und legte auf.

Nach zwei Nächten im Haus ihrer Schwester kam der Augenblick, da Sara sich an einen andern Ort wünschte. Für ein paar Tage fuhr sie mit der Familie ihres Bruders an die Küste, schlug ein Zelt auf, an einem Strand, der jetzt, am Ende der Nachsaison, menschenleer war. Hier fand sie, was sie suchte, die großen Räume, begrenzt nur vom Horizont des Meeres, vom Himmel über ihr und von den Rändern der Dünen. Zum ersten Mal seit vielen Jahren war sie allein, keiner sah sie, keiner hörte sie schreien, anschreien gegen den Wind, so lange, bis sie heiser war.

Bei ihrer Rückkehr nach Montevideo fand Sara zwei Schreiben vor: eine Zahlungsaufforderung der Gefängnisleitung mit den Posten für Verpflegung, Unterkunft, ärztliche Versorgung und für die Bewachung zur eigenen Sicherheit, eine Summe, so hoch wie das Jahreseinkommen eines Lehrers, zahlbar binnen 60 Tagen, zuzüglich 20 Prozent Verzugszinsen im ersten Monat nach Ablauf der Frist und fünf Prozent pro Folgemonat. Ferner die Mitteilung, sie habe sich bis auf Widerruf alle zwei Wochen in einer Kaserne zu melden; auch sei ihr untersagt, das Stadtgebiet ohne schriftliche Genehmigung der Streitkräfte zu verlassen.

Sofort ging Sara daran, die Nachforschungen weiterzuführen. Ihre Angehörigen hatten viele Versuche unternommen, Simón zu finden, aber aus Angst, Briefe und Dokumente würden bei einer Hausdurchsuchung den Militärs in die Hände fallen, hatten sie einige Unterlagen verbrannt und andere so gut versteckt, daß sie verlorengegangen waren. Als erstes unternahm Sara einen Schritt, den sie für nutzlos erachtete; sie wandte sich an die Amtsstelle zur Ausforschung verschwundener Personen, die das Verteidigungsministerium eingerichtet hatte. Widerwillig, mit einem Gesichtsausdruck, der gleichermaßen Ekel wie Hohn verriet, nahm der zuständige Offizier die Vermißtenanzeige auf. Obwohl der Aufwand sich nicht lohne. Ein Formular mehr zum Ablegen. Nützen werde ihr das nicht, dieses Herumstochern in alten Geschichten, dieses Wühlen und Aufwärmen. Andere, sagte er, seien schon aus geringerem Anlaß wieder ins Kittchen gewandert. Sie möge ihre Lage gut bedenken. Mit einer solchen Anzeige mache sie sich keine Freunde. Trotzdem, sagte Sara.

Zwei Wochen später fand sie eine Stelle als Sekretärin. Der Aluminiumhändler, der sie eingestellt hatte, erhielt nach einigen Tagen einen Anruf aus dem Ministerium, ein Feldwebel fragte ihn, ob er auch wisse, wem er da Arbeit gegeben habe. Wieso, sagte er, Frau

Méndez besitzt Maschinschreibkenntnisse, sie weiß, worauf es im Büro ankommt, fleißig ist sie auch. Um Politik kümmere ich mich nicht. Ich halte mich da strikt an die Empfehlungen unseres Präsidenten. Im übrigen hat die Frau ihre Strafe abgebüßt, mir ist nicht bekannt, daß es verboten sein soll, Haftentlassene zu beschäftigen.

Dann kam ein Brief, von Mauricio. Wieder schlug er Sara vor, nach Barcelona zu übersiedeln, man werde ihr ohne weiteres Asyl gewähren. In Spanien lasse sich jetzt frei atmen, vieles sei in Bewegung, es gebe eine große Kolonie von Uruguayos, überhaupt von Südamerikanern, auch Genossen aus Chile und Argentinien – *Sudacas*, so nennen sie uns hier, martern uns mit Formularen und Stempelmarken, aber wir beißen uns schon durch, zanken und versöhnen uns, schwingen große und kleine Reden, es geht zu wie im Café Sorocabana. Im Ernst, schrieb er, ich weiß, es wird schwer sein. Fünf Jahre sind eine lange Zeit. Du hast Schlimmes mitgemacht. Aber glaub mir, das Exil ist auch kein Honiglecken. Man altert schnell. Man hat das Gefühl, sich an etwas zu klammern, das schon nicht mehr existiert. Ich fürchte, ich brauche Dich mehr als Du mich.

Sara zögerte mit der Antwort. Hierbleiben oder Fortgehen. Simón oder Mauricio. Da war die Sehnsucht nach Mauricio, die Versuchung, die Jahre ohne ihn auszulöschen. Da war aber auch die Gewißheit, daß ihr Leben und sein Leben nicht mehr im Gleichklang verliefen. Daß der Riß, der durch sie ging, ihr Zusammensein erschweren würde. Sie fühlte sich zu schwach, um noch einmal zu fliehen, in ein Land, in dem sie auf Abruf leben würde, in dem sie nicht heimisch werden durfte. Ihre Kräfte reichten nicht, um Mauricio Halt zu bieten. Vor allem aber, von Europa aus wäre es unmöglich, die Suche nach Simón voranzutreiben. Mauricio, wollte sie schreiben. Ich kann nicht zu Dir kommen, zumindest nicht gleich. Ich muß Simón finden. Wenn ich ins Exil gehe, lassen sie mich nie mehr einreisen. Also bleibe ich.

In diesem Winter kam es zu schüchternen Versuchen von Angehörigen der Verschwundenen, sich zu einer Gruppe zusammenzuschließen und auf das ungewisse Schicksal ihrer Kinder und Enkelkinder hinzuweisen. Ein paar von ihnen hatten sich zwei Jahre zuvor in Buenos Aires kennengelernt, wo die Organisation Amerikanischer Staaten einer Kommission den Auftrag erteilt hatte, Vermißtenanzeigen entgegenzunehmen. Nun trafen sie sich in einer Kirche Montevideos zum gemeinsamen Gottesdienst. Sie lasen Stellen aus der Bibel, das Gleichnis vom verlorenen Sohn oder den Psalm von einem Unglücklichen, dessen Tage dahinschwinden wie Schatten, während der Herr auf das Seufzen der Gefangenen hört und alle befreien will. Schon das genügte, daß sie beim Verlassen der Kirche festgenommen wurden. Sara war bei weitem die jüngste Mutter eines Verschwundenen; sie hatte Folter und Haft ertragen, und sie war mit einigen der Opfer befreundet gewesen. Nicht nur deshalb galt ihr die besondere Zuwendung der anderen, die darauf bedacht waren, sie vor den Agenten der Sicherheitskräfte zu schützen.

SERPAJ, Dienst für Frieden und Gerechtigkeit, war die erste legale Organisation, die darum bemüht war, Nachrichten über politische Gefangene und Verschwundene zusammenzutragen und im Ausland zu verbreiten. Allen Warnungen zum Trotz begann Sara mitzuarbeiten. Sie traf sich mit Haftentlassenen, die von den Zuständen in anderen Gefängnissen erzählten, sie notierte die Namen gefährdeter und verstorbener Häftlinge, auch die ihrer Schinder, sie besuchte die Familien von Gefangenen, die nicht zu den Versammlungen in der Kirche kamen, weil sie in Erfahrung bringen wollte, wie es deren Angehörigen gehe, ob sie krank seien, wann sie freikommen würden, ob und in welcher Form Hilfe möglich wäre.

Im Dezember kündigte Sara in der Firma, um bei einem Projekt mitzumachen, das der Franziskaner-Orden mit dem Ziel betrieb, die Bewohner des Armenviertels von Paso Carrasco soweit zu bringen, ihre Probleme gemeinsam zu lösen. Ohne allzu große Erwartungen ging Sara an die Arbeit. Sie fürchtete Spott und Mißtrauen; die Jahre unter der Diktatur hätten die Bedürftigen verschlossen und feindselig gemacht.

Doch ihre Vorahnung erwies sich als unbegründet. Mit einer Herzlichkeit, die sie beinahe verlegen machte, luden die Siedler Sara zu sich ein; es gelang ihnen, eine öffentliche Ausspeisung für die Kinder zustande zu bringen, und sie fielen der Stadtverwaltung so lange lästig, bis eine Durchfahrtsstraße asphaltiert wurde.

Sie sei in jener Zeit nicht unglücklich gewesen. Sie habe gearbeitet, und sie habe das Ergebnis ihrer Arbeit gesehen. Es habe ihr nicht an Zuspruch gemangelt, noch sei sie allein gewesen. Sie habe im Haus ihres Bruders gewohnt, in einem Haus voller Kinder, in dem sie gar nicht dazugekommen wäre, sich zu bedauern. Außerdem, die Militärs seien schon auf dem Rückzug gewesen. Die Repression sei weitergegangen, aber die unerwartete Niederlage beim Referendum, durch das sie ihre Herrschaft verewigen wollten, sei den Generälen tief in die Knochen gefahren. Sie seien zum Nachgeben gezwungen gewesen. Dies habe sie andererseits unberechenbar gemacht; was gerade noch gegolten habe, sei anderntags das Papier nicht wert gewesen, auf dem es gestanden sei. Doch habe sie nicht um ihr Leben gefürchtet. Die Tatsache, daß sie um das betrügerische Manöver der simulierten Verhaftung wußte, habe ihr einen gewissen Schutz gegeben. Bei ihrer Suche jedoch sei sie keinen Schritt vorangekommen. Aus diesem Grund habe sie beschlossen, nach Buenos Aires zu reisen, um sich an die Abuelas der Plaza de Mayo zu wenden, die Großmütter, die Woche für Woche vor dem Präsidentenpalast die Rückgabe ihrer verschwundenen Enkelkinder verlangten. Sie habe gewußt, was sie dabei riskiere. Die Militärs würden sie wegen Mißachtung des Verbots, das Land ohne Genehmigung zu verlassen, einsperren. Aber sie habe auch gewußt, daß sie ihr diese Genehmigung nie erteilen würden. Deshalb sei sie das Wagnis eingegangen.

Mit dem Linienbus fuhr sie nach Colonia, in die Kleinstadt an der Mündung des Río de la Plata, von der viermal täglich Tragflügelboote nach Buenos Aires ausliefen. In der Wartehalle des Hafens, vor den Grenzbeamten, hatte sich eine lange Schlange gebildet. Bei jedem Reisenden blätterten die Zöllner in einer Broschüre, die eine Liste mit Namen enthielt. Als sie dies bemerkte, hätte Sara am liebsten kehrtgemacht. Aber dann stand sie auch schon vor dem Schalterpult. Der Mann dahinter blickte nur kurz hoch, ehe er ihr den Ausweis zurückgab. Doch kaum war sie drei Schritte gegangen, da hörte Sara ihren Namen rufen; ein Offizier kam auf sie zu und forderte sie auf, ihn zu begleiten. Er führte sie, vorbei an der Warteschlange, vorbei an neugierigen, mitleidigen, mißtrauischen Blicken, in ein Zimmer, dessen einziges Fenster auf den Pier hinaus ging. Warten Sie hier, sagte er und zog die Tür hinter sich zu.

Sara sah, wie die Passagiere an Bord gingen und hinter den beschlagenen Bullaugen ihre Plätze suchten.

Dann holte ein Matrose die Leinen ein, das Boot schlug mit gedrosseltem Motor einen engen Bogen, nahm Kurs auf das gegenüberliegende Ufer. Als es hinter dem Horizont verschwunden war, öffnete sich die Tür, der Offizier trat ein und gab ihr mit einem verlegenen Lächeln den Ausweis zurück. Er entschuldigte sich für die Verzögerung, bedauerlich, daß sie deswegen die Überfahrt versäumt habe. Sie sei nämlich wegen eines Haftbefehls aus dem Jahr 1973 auf der Fahndungsliste gestanden, aber ein Anruf bei der Zentrale in Montevideo habe ergeben, daß der Fall zwischenzeitlich niedergeschlagen worden sei.

Drei Stunden später war Sara die erste, die an Bord ging. Erst als vor ihr die Lichter von Buenos Aires aufflammten, lehnte sie sich zurück.

Sie hatte nicht erwartet, bei den Abuelas fündig zu werden. Nur den einen oder anderen Hinweis erhoffte sie sich, in Erfahrung zu bringen, welchen von den zahllosen Spuren, die von der Straße Juana Azurduy ausgehend ganz Buenos Aires durchzogen, sie nicht zu folgen brauchte. Aber ihr erster Besuch bei den Großmüttern verlief enttäuschend. Zwar fand sich eine Mappe mit Simóns Namen, doch enthielt sie nur wenige Zeilen, Geburtstag sowie Tag und Umstände seines Verschwindens.

Ist das alles? Das ist alles.

Bei ihrem zweiten Besuch traf sie Chicha Mariani

an, die Vorsitzende der Abuelas. Als Sara erwähnte, daß Simón rothaarig gewesen sei, horchte die Frau auf. Rot, hast du gesagt. Ein rothaariger Junge, so ein Zufall, der ist mir doch schon untergekommen. Weiß nicht, wie lang das her ist, war's gleich nach dem Putsch oder im Jahr darauf.

Sie haben ihn gesehen!

Wie sollte ich ihn gesehen haben. Eine Frau hat mir davon erzählt. Daß ihre Nachbarn plötzlich ein Kind haben, eins mit roten Haaren. Aber daß keiner was von der Schwangerschaft bemerkt hat. Daß das Kind weder der Mutter noch dem Vater gleichsieht. Ich hab vergessen, wer mir das erzählt hat. Aber ich weiß noch, daß wir den Namen und die Adresse aufgeschrieben haben. Komm mit. Vielleicht haben wir Glück.

Auf dem Nachhauseweg erzählte sie, daß sie damals, in den ersten Jahren der Militärherrschaft, alle Dokumente in Dosen verwahrt und heimlich vergraben hätten, weil die Armee immer wieder Hausdurchsuchungen vorgenommen habe.

Mit einem Spaten zogen sie hinter Marianis Haus, neben der Gartenmauer, einen Graben. Sie fanden mehrere Dosen, aber die eine Dose, die mit der Adresse, fanden sie nicht.

7

Mauricio.

Ihre ersten Briefe an ihn erschöpften sich in Andeutungen, nicht nur, was die Suche nach Simón betraf. Sie waren geschrieben, als ob sie im Gefängnis säße und als ob die Zensoren jedes Wort entzifferten und über jeden Satz befänden und jede Zeile nach einer geheimen Botschaft absuchten. Noch 1983, als das Ende der Diktatur abzusehen war (in Argentinien herrschten bereits demokratische Verhältnisse), behielt Sara den mehrdeutigen, überschwenglichen Stil ihrer Gefängnisbriefe bei. Auf sein Drängen, sie möge doch nach Spanien kommen, hatte sie ausweichend geantwortet, mit der Bitte, ihr vorläufig nicht mehr zu schreiben; es sei zu gefährlich, sie werde ihm bei Gelegenheit eine neue Anschrift mitteilen. Aber sie gab ihm lange keine Deckadresse bekannt, an die er seine Briefe hätte schicken können. So war ihre Korrespondenz über Monate einseitig, sie schrieb, er las, las und wartete, jetzt er, der früher sie hatte warten lassen, unter Hinweis auf Verfolgung, Überwachung, die strengen Regeln der Illegalität, denen sie sich, wie alle Frauen, ohne Murren unterworfen hatte.

Sie schrieb ihm nie unter seinem wirklichen Namen.

Sie verabschiedete sich nie mit ihrem wirklichen Namen. Lieber Julio, schrieb sie, Deine Lucía. Oder nur Lucía. Oder nur Julio. Oder sie vermied überhaupt jede Anrede. Oder sie unterschrieb ihre Briefe überhaupt nicht. Oder sie setzte nur ihre Initiale in die letzte Zeile.

Ihre Briefe waren Nachrichten aus einem schrekkensstarren Land. Ein grauer Tag, schrieb sie, ganz grau. Ein graues Grau. Der Sommer läßt sich bitten. Wir laufen immer noch im Mantel herum und warten auf die Sonne, auf den blauen Himmel, auf die von Liebespaaren besetzten Bänke unten an der Küstenstraße. Die Natur eifert den Menschen nach, denn auch wir sind – grau. Und wie in Erwartung. Wir erwarten nichts Gutes, denn wir glauben nicht an einen Erlöser. Leider glauben wir auch nicht an uns selbst, daran, daß es auf uns ankommt. Und so warten wir, auf bessere Zeiten. Wir warten darauf, die zu werden, die wir angeblich einmal gewesen sind, in grauer Vorzeit, die weniger grau gewesen sein soll als unsere graue Gegenwart. Vielleicht warten wir auch auf ein Wunder, will sagen auf ein wissenschaftlich erklärbares Phänomen, das weiterbringt, was einige schon als Anfang vom Ende des Wartens deuten. Jedenfalls warten wir, daß das Warten ein Ende nimmt.

Sie erzählte ihm, was sie tags zuvor im Autobus belauscht hatte. Der Chauffeur hatte den Schaffner gefragt: Verstehst du was von Politik? Und der Schaffner hatte halblaut, nach einem raschen Blick auf die Fahrgäste, zur Antwort gegeben: Jetzt nicht mehr. Früher einmal. – Der Fahrer, schrieb Sara, wird 25 oder 26 Jahre alt gewesen sein, und den Schaffner habe ich auf 35 geschätzt.

In einem anderen Brief stand: Ich habe gemerkt, daß ich im Schlaf wieder die Fäuste balle und die Zähne zusammenbeiße. Es ist wie drinnen, nur die Mauern sind abgerückt, nicht viel, nur ein Stück weit.

Aber es gab auch jähe Umschwünge, Jauchzen, als Montevideo eines Morgens unter einem Papierregen erwachte. Auf der Straße liegen Flugblätter, berichtete sie, weiß, mit schwarzen, violetten, roten Buchstaben. Fotokopiert, hektographiert, mit Filzstift geschrieben. Auf allen steht dasselbe: Boykott! Es ist so schön, wieder Papier auf den Straßen zu sehen, Flugzettel, hausgemacht. Ja, der Tag hat gut begonnen, und ich habe an früher denken müssen, an die vielen Schmetterlinge aus Papier, damals in den sechziger Jahren. Und ich habe mir gesagt: Sie sind an der Macht, aber wir sind am Wort. Naiv, nicht wahr? Und trotzdem.

Über den ausgehandelten Rückzug der Militärs – in allen Ehren, mit allen Garantien – verlor sie kein Wort. Dagegen erwähnte sie die ersten zaghaften Protestmärsche, stumme Umzüge auf dem Gehsteig, Spaziergänge eigentlich, in Massen, die Demonstranten des Lächelns, mit nach außen gestülpten Hosentaschen, zur Verhöhnung der Polizei und als Beweis ihrer

Friedfertigkeit, den Hungerstreik von drei Priestern mit dem Ziel, den Übergang zur Demokratie zu beschleunigen. Sie erwähnte auch die monatlichen Kochtopfkonzerte, das Rasseln von Töpfen und Pfannen, mit dem immer mehr Menschen ihre lähmende Furcht besiegten.

Ermutigt durch das, was sie als den Beginn der Normalität ansah, kam Sara auf sich zu sprechen, auf ihr verhaltenes Bemühen, die durch Exil und Haft verlorenen Jahre aufzuholen. Könnte ich es bloß in Worte fassen, dieses schöne Lebensalter um die Vierzig, in dem man schon Erfahrungen gesammelt hat, in dem man, ohne abzustumpfen, vieles klarer sieht und Gefallen findet an Kleinigkeiten, die man früher nicht wahrgenommen hat. Es ist wie Anfangen, die Welt von innen und von außen zu erleben. Plötzlich versteht man die Leute besser, man fühlt sich ihnen zugehörig. Sie gefallen einem, man freut sich an ihnen. (Was wird Mauricio jetzt von mir denken. Daß ich verrückt geworden bin, übergeschnappt, betrunken?) Mag sein, daß Du recht hast; mit zunehmendem Alter schrumpft der Verstand.

Einmal träumte sie, einen langen und verworrenen Traum. Einen Traum voller Symbole, in dem die Zeit entscheidend war, zwei Uhren, vier Zeiger, zwei Zeiten. Durch diesen Traum, schrieb sie, habe ich meine Illusionen verloren; jetzt weiß ich, daß wir in verschiedenen Zeiten leben, Du und ich. Es ist mir schwergefallen, das zu akzeptieren. Ich wollte es nicht wahrhaben. Zuerst war ich wütend, dann traurig. Es gibt Augenblicke, in denen sieht man an den Grund allen Seins. Erst dann weiß man, ob man ohne Selbstbetrug leben kann. Man sieht die eigenen Schwächen und die Schwächen des anderen. Wenn man sie sieht, vermag man weiterzuleben.

Dann erreichten ihn nur Zeichen zunehmender Entfernung. Ich weiß nämlich nicht, schrieb Sara, ob ich mein Leben frei gewählt habe oder ob es mir aufgezwungen wurde. Ein Beispiel, unsere Beziehung zueinander. Bis auf wenige Tage haben wir nie ein normales Eheleben geführt. (Gut, eine Ehe kam nicht in Frage. Aber es war auch keine wirkliche Gemeinschaft.) Ich wußte nicht, ob Du mir diese Lebensweise aufgedrängt hast oder ob ich überzeugt war, daß sie auch für mich das Beste sei. Jetzt weiß ich, was ich will, besser gesagt: Ich ahne, was ich nicht will. Insgeheim fürchte ich mich vor dem Wiedersehen. Nicht nur, weil es mich an eine Vergangenheit fesselt, von der ich loskommen möchte. Du bist meine erste Liebe gewesen, und zwar viele Jahre hindurch, wichtige Jahre. Das hat Spuren hinterlassen, ich merke es jedesmal, wenn ich eine neue Beziehung eingehen will. Denn die Verständigung mit Dir, über uns, strengt mich ziemlich an. Noch immer streiten wir und versöhnen uns. Kein Tag vergeht, an dem Du nicht mein Leben bestimmst.

Und weiter: Ich habe mich verliebt. Er und ich, wir

stehen noch ganz am Anfang. Es klingt unglaublich, aber ich konnte seine Gefühle erst erwidern, nachdem ich Deinen Brief erhalten hatte, vorher habe ich alles vermieden, was auf eine tiefe Bindung hinausgelaufen wäre. Das ist es, was ich Dir sagen wollte. Es umarmt Dich, S.

(die Dich am meisten geliebt hat)

Mauricio. Raúl ist ganz anders.

Wie anders.

Eben anders. Scheu, in sich gekehrt. Darauf bedacht, keinem nahezutreten. Zum Beispiel, ein Erlebnis in Buenos Aires: Wir sind mit der U-Bahn gefahren, zur Stoßzeit. Das heißt, ich bin mit der U-Bahn gefahren. Raúl ist draußen geblieben, auf dem Bahnsteig. Weil er unfähig war, sich vorzudrängen, zu stoßen, die Ellbogen zu gebrauchen. Da ist der Zug ohne ihn abgefahren. Andererseits ist er ungemein hartnäckig, ausdauernd. Was er anfängt, bringt er auch zu Ende. Selbst wenn alles gegen ihn spricht.

Sie hatten sich an seinem Geburtstag kennengelernt, in Las Piedras, wo sein Bruder Motorräder reparierte und verkaufte. Raúl machte ihm die Buchhaltung, stellte Rechnungen aus, tippte Geschäftsbriefe. Den Spitznamen, *El Flaco Ferroviario*, trug er seit den späten sechziger Jahren, als er in der Gewerkschaft die Anliegen der Bahnbediensteten vertreten hatte. Bis zum Generalstreik vom Juni 1973 hatte Raúl als Telegraphist bei der Staatlichen Eisenbahngesellschaft gearbeitet, dann war er als einer der Rädelsführer des Streiks verschleppt und in einer Kaserne wochenlang gequält worden.

Er hat nie davon gesprochen. Aber ich vermute, daß sie kein Wort aus ihm rausgekriegt haben. Stur war er sowieso. Und wenn sie ihn dann noch schlugen.

Da er wider alle Erwartungen immer noch lebte, schafften sie ihn ins Militärgefängnis von Libertad, eine Fahrstunde von Montevideo entfernt. Es hagelte Strafen. Wer sich während des Morgenappells an der Nase kratzte, wurde wegen obszönen Benehmens gemaßregelt. Wer einem Wärter in die Augen schaute, bekam wegen geistiger Meuterei Zellenarrest. Wer ohne ärztliches Attest eine Mütze aufsetzte, wurde wegen Verstoßes gegen die Kleiderordnung zur Rechenschaft gezogen. Einen Gefangenen warf man in den Bunker, weil er gegenüber einem regulären Mitglied der Nationalen Streitkräfte, einem Bluthund nämlich, der ihn angefallen hatte, handgreiflich geworden war. Und einem anderen wurde die Besuchserlaubnis entzogen, weil er eine Schildkröte gezeichnet hatte; die Schildkröte, hieß es in der Begründung, symbolisiere das gesetzlose Treiben im Untergrund, und umgedreht, mit dem Panzer nach unten, stelle sie ein Schiff dar, welches wiederum Zeichen der Verräter sei, die das Land verlassen hätten und es im Ausland anschwärzten.

Nach Jahren lockerten sich die Sitten. Da durften die Männer von ihren Angehörigen Bücher empfangen, keine subversiven Schriften natürlich, die dem Geist und dem Ansehen Uruguays abträglich gewesen wären. Trotzdem gelangten, aus Unachtsamkeit oder lediglich aus Unwissen der Offiziere, verbotene Bücher in die Zellen. Ihre Lektüre bereicherte die schier endlosen Debatten über Weg und Ziel, die Rätsel der Vergangenheit und die Herausforderungen der Zeit, die auf die Gegenwart folgen würde.

In Raúls Zelle war auch ein Intellektueller, ein Philosophieprofessor. Eine Autorität auf seinem Gebiet. Möglich, daß er zu Hochmut neigte oder seine Gefährten unterschätzte, die nur die Volksschule besucht hatten und keine andere Bildung besaßen als die, die erlittenes Unrecht zu gewähren vermag. Eines Tages jedenfalls fragte ihn einer, was er denn von einem Buch halte, das ›Die Ordnung der Dinge‹ heiße, etwas Revolutionäres angeblich, von einem Franzosen namens Fouquet.

Foucault, verbesserte der Philosoph, Michel Foucault. In der Tat, außerordentlich bedeutsam, sehr zu empfehlen. Aber zu schwer für euch. Setzt umfassendes Wissen voraus. Laßt besser die Finger davon.

Raúl schwieg, als er das hörte, verärgert über den herablassenden Ton, merkte sich aber Titel und Namen des Autors.

Im Winter wurde er in einen anderen Sektor der Anstalt überstellt. Dort stand den Gefangenen ein eigener Herd zur Verfügung, nur hatten sie nichts zum Heizen. Deshalb waren sie dazu übergegangen, Zeitschriften und sogar Bücher in den Ofen zu stopfen. Zuerst Traktate, die die christliche Familie, die ständische Ordnung und die abendländischen Tugenden verherrlichten, Pamphlete der Armee, einen kompletten Jahrgang von ›Reader's Digest‹, dann veraltete Schulbücher, Logarithmentafeln, die Romane von Corín Tellado und Salgari. Als Horacio Quirogas ›Urwaldgeschichten‹ an die Reihe kamen, erhob Raúl Einspruch. Bücher verbrennen! Ihr seid um nichts besser als die Milicos. Auf diesen Vorwurf hin entspann sich ein hitziges Streitgespräch, in dessen Verlauf sich die Männer auf einen Kompromiß einigten. Nur in dringenden Fällen, bei Krankheit oder bei beißender Kälte, durften weiterhin Bücher verbrannt werden. In jedem Fall sollte es Raúl obliegen, eine geeignete Auswahl zu treffen; was er für wertvoll erachtete, würden sie auf keinen Fall den Flammen übergeben.

Sofort begann er, die in einer Ecke gestapelten Bücher zu sichten. Er baute zwei Türme; einen hohen aus den unentbehrlichen Büchern, und einen niedrigen, für Notfälle. Eins der Bücher war ›Die Ordnung der Dinge‹. Er wog es unentschlossen in der Hand. Die anderen beobachteten ihn. Also die Schwarte brauchen wir wirklich nicht. Verrückt, der Kerl, der das geschrieben hat. Wirres Zeug. Keiner von uns ist über das Vorwort hinausgekommen.

Raúl brauchte Monate, bis er es endlich gelesen hatte. Dann begann er nochmals von vorn. Dann las er ausgewählte Kapitel. Seine Exzerpte, ein dickes, engbeschriebenes Heft, wurden ihm während einer Zellendurchsuchung entwendet. Er las das Buch ein drittes Mal. Schob es abends unter die Matratze. Nahm es morgens als erstes zur Hand.

Ein Jahr später wurde er wieder mit dem Professor zusammengelegt. Der leitete inzwischen ein Zellenseminar über ausgewählte Probleme der Wirtschaftsgeschichte. Der Merkantilismus. Sein innerer Widerspruch. Seine falsche Unterscheidung zwischen Geld als Ware und Geld als Zeichen.

Habt ihr alles begriffen. Gibt es Fragen?

Nicht eigentlich eine Frage, sagte Raúl, aber ein Einwand: Du zwingst dem Merkantilismus eine Wahl auf, die für ihn keinen Sinn hatte. Geld kann nicht die Reichtümer bezeichnen, ohne selbst ein Reichtum zu sein. Es wird aber ein Reichtum, weil es Zeichen ist, während eine Repräsentanz zunächst vergegenwärtigt werden muß, um in der Folge zum Zeichen zu werden.

Verdutztes Schweigen. Dann sagte der andere, beinahe erschrocken: Woher –.

Foucault, sagte Raúl. Du weißt schon, das Buch, von dem wir besser die Finger lassen.

Raúl also. Eigenwillig, aber verläßlich. Diszipliniert, aber empfindsam. Und zärtlich! Bei dem Geburtstagsfest damals, Ende März 1982, seien sie von allen Anwesenden die ältesten Parteimitglieder gewesen. Sie hätten viele Gemeinsamkeiten festgestellt. Im Gefängnis gelernt, winzige Veränderungen wahrzunehmen. Geduld aufzubringen, Irrtümer einzugestehen, ihren Überzeugungen treu zu bleiben. Das habe sie zusammengeführt. Es sei nicht die große Liebe gewesen, wenigstens nicht gleich. Oder doch, es war Liebe, nur habe sie es nicht zugeben wollen. Und sie habe Zeit gebraucht, um mit sich selbst ins reine zu kommen, mit sich und mit Mauricio. Es wäre ihr wie Verrat erschienen, hätte sie mit Mauricio gebrochen, ohne ihn wiederzusehen.

In Europa hatte Mauricio drei Herzinfarkte. Die beiden ersten, als Sara noch in Haft war. Den dritten im Jahr nach ihrer Entlassung. Der vierte, sagten die Ärzte, wäre sein Tod. Sie rieten ihm zu einer Bypass-Operation, zweifelten aber, ob er sie auch überleben würde. Vor dem Eingriff ließ er sich Blut abnehmen, für den schlimmsten aller Fälle, Blut für eine genetische Datenbank, damit man noch nach seinem Tod herausfinden könnte, welches Kind Simón ist.

Aufatmen, Tage nach der Operation.

8

Im April 1984, zwei Jahre nach dem Krieg um die Malvinen-Inseln, mit dem die argentinischen Militärs das Land noch einmal zusammenhalten wollten, sechs Monate nach freien Wahlen, aus denen Raúl Alfonsín als Sieger hervorging, fuhr Sara nach Buenos Aires, um das geheime Folterzentrum zu identifizieren, in das sie verschleppt worden war.

Automotores Orletti glich einem ungeordneten Warenlager. Für die zehn oder zwölf Überlebenden, die es zusammen mit der Untersuchungsrichterin betraten, war kaum ein Durchkommen zwischen den Schränken und Stühlen, Mopeds, Waschmaschinen, Decken, Jacken, Schuhen, den Kisten mit Hausrat – Diebsgut aus den Wohnungen der Entführten. Sara fand den Tisch wieder, der in ihrem Haus in der Straße Juana Azurduy auf der Veranda gestanden war. Sie fand auch einen Glasstutzen, halb gefüllt mit Eheringen. Simóns Weidenkorb fand sie nicht.

Trotz aller untrüglichen Zeichen fiel es ihr schwer, das Aussehen der Werkstatt Orletti in das Bild einzufügen, das sie sich von diesem Ort gemacht hatte. Es fehlten die Stimmen, Schreie, Tritte, die ihr damals, unter der Kapuze, die Vorstellung aufgezwungen hatten, sie würden, zu Hunderten, in einer riesigen Halle festgehalten. Nun war die Halle geschrumpft, zu einer bescheidenen Autospenglerei, wie geschaffen für einen Familienbetrieb mit zwei Gesellen und einem Lehrbuben, mit kleinem Büro, Kochnische und Duschkabine im Oberstock und mit einer Dachterrasse, auf der man sich, beim Wäscheaufhängen, mit der Nachbarin unterhalten konnte.

Was alle geahnt, aber keiner gesehen, was viele gesehen, aber wenige geahnt hatten, war jetzt in aller Munde. Die Zeitungen, die Radiostationen, die Fernsehanstalten berichteten über die Verbrechen während des *Prozesses*, wie die Ära der Militärherrschaft genannt wurde. Eine unabhängige Kommission erstellte eine Bilanz des Grauens; nach ihrer vorsichtigen Schätzung belief sich die Zahl der Verschwundenen auf 10 000.

Die Scham, an den Morden unbeteiligt beteiligt gewesen zu sein, trieb manche dazu, ihre Beobachtungen den Großmüttern der Plaza de Mayo mitzuteilen. Erinnerung an ausgesetzte Kinder, an jähen Kindersegen, an Nachbarn, die mit adoptierten Kindern über Nacht unbekannten Orts verzogen waren. Daneben gab es weiterhin Drohungen, anonyme Zuschriften. Und es gab erste Fürsprecher des Schweigens. Propagandisten des Vergessens, die forderten, daß die Vergangenheit nicht in die Zukunft hinüberreiche. Einen Schlußstrich ziehen. Eine neue Seite aufschlagen. Bei Null anfangen. Nicht länger davon reden. So stellten sie sich die Versöhnung vor.

Nach dem Lokalaugenschein, am selben Tag noch, suchte Sara das Büro der Abuelas auf. Gut, daß du dich sehen läßt, sagte Chicha Mariani. Hör zu: Es gibt neue Hinweise. Auch solche, die zu Simón führen könnten. Die wichtigste Information aber betrifft ein anderes Kind aus Uruguay. Es könnte sich um Amaral García handeln. Eine Frau will ihn auf einem Foto wiedererkannt haben. Sie sagt, sie weiß, wo er zu Hause ist. Jemand müßte sich der Sache annehmen. Wir sind überfordert. Warum hilfst du uns nicht, wenigstens für einige Zeit. Du könntest dich ganz auf die Suche nach Simón und nach Amaral konzentrieren. Eine finanzielle Unterstützung würden wir schon auftreiben.

Sara überlegte nicht lange. Ich komme, sagte sie. Aber ich will ehrlich sein: Ich habe auch Angst davor, Simón zu finden.

Am nächsten Tag kehrte sie nach Montevideo zurück. Nach ihrer Ankunft wurde sie angehalten, in eine Kaserne gebracht und stundenlang verhört. Dann setzte man sie auf freien Fuß, nicht ohne ihr schärfste Sanktionen anzudrohen, falls sie noch einmal unerlaubt das Stadtgebiet verlassen sollte. Mit Rücksicht auf ihre Geschwister stellte sie diesmal Antrag auf Genehmigung einer Reise nach Buenos Aires, nannte hierfür persönliche Gründe, kündigte ihre Arbeit bei den Franziskanern schweren Herzens auf und besuchte Maricel García, Amarals Tante, um ihr mitzuteilen, daß sie den Jungen, der mittlerweile zwölf Jahre alt wäre, in Argentinien suchen wolle.

Ich will dir keine falschen Hoffnungen machen, sagte sie, aber offenbar gibt es eine heiße Spur. Erzähl mir alles, was mir bei den Nachforschungen helfen könnte.

Maricel und ihr Mann Alberto Sabech hatten die Suche nach ihrem Neffen im Winter 1975 abgebrochen, nachdem die Frau eines Morgens, als sie mit ihrer dreijährigen Tochter allein zu Hause saß, von Unbekannten überfallen worden war. Sie hatten ihr einen Sack über den Kopf gezogen und gedroht, das Mädchen würde nicht alt werden, falls sie nicht aufhörten, nach Amaral zu fahnden. Kurz zuvor war es Alberto gelungen, zu Präsident Bordaberry vorgelassen zu werden; er übergab ihm eine Mappe, die alles enthielt, was sie über Amarals Entführung und über die seiner Eltern herausgefunden hatten. Alberto flehte Bordaberry an, sich bei der argentinischen Regierung für Amaral zu verwenden. Wie er sich das vorstelle, so Bordaberry, er habe doch keinen Zauberstab, um jeden ausgefallenen Wunsch zu erfüllen. Aber immerhin sei er Präsident, erwiderte Alberto, sein Wort habe Gewicht, und schließlich gehe es nur um ein unschuldiges Kind. Richtig, sagte Bordaberry, ein unschuldiges Kind, das seine Eltern im vollen Wissen um das Risiko der Gefahr ausgesetzt hätten. Und in etwas milderem Ton fügte er hinzu: Er würde ja gern helfen, nur stünden andere, gewichtige Interessen seinem guten Willen im Weg.

Gleich nach dem Ende der Diktatur in Argentinien, sagte Maricel, hätten sie wieder angefangen, nach Amaral zu forschen. Sie hätten Anzeigen mit seinem Foto in mehrere Zeitungen setzen lassen und sich bemüht, die letzten freien Stunden, Tage, Wochen ihres Bruders und ihrer Schwägerin zu rekonstruieren; vielleicht, so dachten sie, haben Floreal und Mirtha Yolanda ihre Mörder gekannt. Vielleicht hat jemand aus ihrem Bekanntenkreis, ein eingeschleuster Agent des Geheimdienstes, das Kind an sich genommen. Diese Möglichkeit hätten sie deshalb in Erwägung gezogen, weil ihr anderer Bruder, der Floreal und seine Familie kurz vor deren Entführung in Buenos Aires besucht hatte, von einer Frau gesprochen habe, einer Argentinierin, die auffällig oft im Haus seiner Schwägerin verkehrt habe. Sie habe ihm aus Gründen, die er nicht zu benennen wußte, mißfallen, und er habe, nach seiner Rückkehr, auch erwogen, seinem Bruder zu schreiben, seid vorsichtig, gebt euch nicht ab mit ihr, mit der Frau stimmt was nicht. Aber da habe sie auch schon die Schreckensmeldung erreicht und ein paar Wochen darauf die Nachricht, daß die Leichen ihres Bruders und ihrer Schwägerin gefunden worden seien.

Ich muß oft an Mirtha Yolanda denken, sagte Maricel, an ihre letzten Worte, ehe sie mit Amaral meinem Bruder ins Exil gefolgt ist. Ich hatte sie gebeten, die

Abreise zu verschieben. Aber sie weigerte sich. Sie sagte, Floreal und sie seien schon zu lange getrennt. Ich will alles mit ihm teilen, sagte sie, die guten und die bösen Tage. Und ich will immer an seiner Seite sein. Mit ihm will ich sterben. Egal wie, und egal wo.

Wochen vergingen, ohne daß über Saras Ausreiseantrag entschieden wurde. So begab sie sich eines Abends Anfang Juli in den Hafen, passierte unbehelligt die Sperre und ging an Bord der Fähre, die am nächsten Morgen in der argentinischen Hauptstadt anlegte. Zwei Tage später, als sie schon dabei war, die Unterlagen der Abuelas zu sichten, stand eine Militärstreife vor der Haustür ihres Bruders, mit dem Auftrag, sie zur Einvernahme einem Hauptmann vorzuführen.

In Buenos Aires mußte Sara erkennen, daß ihre Arbeit um einiges schwieriger war, als sie angenommen hatte. Alle Dokumente über verschwundene Kinder fanden in drei Aktenordnern Platz, einem für Buben, einem für Mädchen und einem, in dem die Informationen chronologisch, nach dem Zeitpunkt ihres Eintreffens, gesammelt waren. Viele Angaben waren veraltet oder derart dürftig, daß sie keine Nachforschungen ermöglichten. Andere wiesen zahlreiche Details auf, existierten aber in zwei Versionen: Einmal sollte das Kind ein Junge, dann wieder ein Mädchen sein. Oder es gab mehrere Hinweise, die offenbar dasselbe Kind meinten, aber einander widersprachen; Gewißheit bot keiner. Dazu kam, daß Sara mit argentinischen Verhältnissen wenig vertraut war; sie hatte keine Kontakte zu Journalisten, Archivaren, zu Beamten in der Verwaltung oder bei Gericht.

Das Angebot der argentinischen Sektion von SERPAJ, ihnen einen Computer zur Verfügung zu stellen, hatten die Großmütter ausgeschlagen, aus Gründen der Sicherheit und weil sie mit seiner Bedienung nicht zurechtgekommen wären. Sie trauten nur denen, die selbst unter der Militärdiktatur gelitten hatten. In den anderen witterten sie Agenten oder Handlanger der Militärs, die das Ziel verfolgten, die Suche nach den Verschwundenen zu behindern. Trotzdem setzte sich Sara mit ihrer Forderung nach neuen Mitarbeitern durch. Im ›Zentrum für legale und soziale Studien‹, das schon Anfang der achtziger Jahre Zeugnisse der Verfolgung aufgezeichnet hatte, ging ihr eine ältere Frau zur Hand, Witwe eines Richters, Mutter von sieben Kindern. Drei ihrer Kinder waren während der Diktatur verschleppt worden. Die anderen hatten fliehen müssen und ihre Mutter beschworen, ihnen nachzukommen. Sie hatte alle Einladungen zurückgewiesen: Jemand von der Familie muß doch zu Hause sein, am Tag, da die Vermißten wiederkommen.

Diese Frau hatte es sich zur Gewohnheit gemacht, ihre Informationen in Schuhschachteln aufzubewahren. In einer der Schachteln fand sich ein Zettel mit

Namen und Telefonnummer einer Hebamme aus Pilar, einer Ortschaft am Rande der Hauptstadt.

Der Hebamme war beim Zeitunglesen die große Ähnlichkeit zwischen Amaral, auf dem Foto, und einem Jungen aus dem Dorf aufgefallen, dessen Leben auf eigentümliche Art mit dem ihren verstrickt war. Denn vor neun Jahren war eine Frau, die wie sie der peronistischen Partei angehörte, zu ihr gekommen und hatte sie gebeten, für ein dreijähriges Kind eine Geburtsbescheinigung auszustellen. Der Junge sei ihrer Tochter Doroty gegen Geld angeboten worden. Doroty habe sich dem Angebot nicht entziehen wollen, zumal sie erfahren habe, daß die Kindesmutter den Jungen arg mißhandeln würde. Um langwierige Amtswege abzukürzen, sollte die Hebamme nun die fehlende Bescheinigung nachliefern.

Es war nicht das erste Mal, daß solch ein Ansinnen an die Frau herangetragen wurde. Schon früher hatte sie gelegentlich fingierte Geburtsbescheinigungen ausgestellt, um verzweifelten Müttern, die sich außerstande sahen, ihre Neugeborenen zu behalten, einen Gefallen zu erweisen, das Adoptionsverfahren zu beschleunigen und die angebrachte Diskretion zu wahren. So fand sie sich auch in diesem Fall dazu bereit. Zweifel kamen ihr erst viel später, als ihr das Gerücht zugetragen wurde, daß die Adoptiveltern des Jungen für den militärischen Geheimdienst tätig waren. Dann das Foto in der Zeitung. Und der Name! Doroty Gonella hatte das Kind in der Kapelle einer evangelistischen Sekte auf den Namen Juan Manuel taufen lassen. Aber vorher hatte es anders geheißen, einen ungewöhnlichen Namen getragen, dessen Klang sie an Brasilien denken ließ. Amaral?

Diesen Verdacht äußerte die Hebamme, und sie erklärte sich bereit, weitere Erkundigungen einzuziehen. Sara schärfte ihr ein, größte Vorsicht walten zu lassen. Schon der geringste Argwohn, den sie bei der Familie des Jungen wecken würde, könnte schlimme Folgen haben. Sie verwies auf den Fall eines Mädchens aus Uruguay, Mariana Zaffaroni, dessen Eltern wie Amarals Eltern ermordet worden waren; ein Agent des Geheimdienstes namens Furci hatte Mariana an Kindes Statt angenommen. Als sie das Kind endlich gefunden hatten, nutzte Furci das laxe Vorgehen der Justiz zur Flucht. Seither war das Mädchen ein zweites Mal vermißt.

Bei ihrem nächsten Treffen konnte die Hebamme mit Neuigkeiten aufwarten. Von einem Friseur, der neben dem Elternhaus des Jungen wohnte, hatte sie erfahren, daß die Adoptiveltern bereits gestorben waren, ebenso Dorotys Mutter, die sie einst um die Bescheinigung ersucht hatte. Juan Manuel würde bei seinem Großvater leben, der aber, sterbenskrank, vor einigen Tagen in ein Spital eingeliefert worden sei, weswegen ihn eine Nachbarin vorläufig zu sich genommen habe.

Hat er denn gar keine Verwandten mehr, hatte die Hebamme gefragt.

Nur noch einen älteren Bruder, Dorotys Sohn aus erster Ehe. Der soll für die Armee arbeiten, irgendwo im Norden.

In immer kürzeren Abständen ließ sich die Frau die Haare schneiden. Nicht jedesmal gelang es ihr, das Gespräch in die gewünschte Richtung zu lenken. Einmal war der Friseur wortfaul, dann wieder hatte er es eilig, weil schon andere Kundschaft wartete, manchmal betreute sie auch sein Angestellter. Sara gegenüber klagte sie, daß ihre Haare vom häufigen Schneiden, Legen, Tönen stumpf und glanzlos geworden seien; bald werde sie eine Perücke tragen müssen.

Eines Tages, als sie wieder die Rede auf den Jungen brachte, erzählte ihr der Friseur, daß er sich vor Jahren, bei einem Straßenfest, angeregt mit Doroty Gonella unterhalten habe. Sie hatten beide über den Durst getrunken, und er war bemüht, sie in die Geheimnisse der Seelenwanderung einzuführen.

Karma, ich glaub felsenfest daran. Irgendwohin muß die Energie ja fließen, sonst gäbe es kein Weiterleben. Ich zum Beispiel bin in meinem früheren Leben eine Hauskatze gewesen. Und Sie, lassen Sie mich raten: ein Walroß.

Nicht sehr schmeichelhaft, sagte Doroty. Vielleicht wissen Sie auch, welchen Körper sich meine Seele als nächstes aussuchen wird.

Das kann keiner vorhersagen.

Ich muß es aber wissen. Mit meinem Leben ist es nämlich aus.

Sie schwankte etwas, als sie sich nach vorn beugte, und flüsterte: Ich hab nämlich Krebs. So ist das. Die Strafe Gottes ist das.

Seien Sie still, sagte der Friseur, mit sowas treibt man keinen Spaß.

Ist kein Spaß, sagte die Frau, blutiger Ernst ist das. Weil ich Sachen getan habe, von denen Sie keine Ahnung haben. Dafür hat mich Gott bestraft.

Schließlich gelang es der Hebamme, auch mit der Nachbarin ins Gespräch zu kommen, die Juan Manuel bei sich aufgenommen hatte.

Der arme Junge, sagte die Hebamme, bald steht er ganz allein da. Und wie man hört, sollen seine wirklichen Eltern auch tot sein.

Was vorbei ist, ist vorbei, erwiderte die Nachbarin. Alles in allem hat er es nicht schlecht getroffen. Wenn sein Großvater stirbt, erbt er das Haus. Außerdem wird sich sein Stiefbruder um ihn kümmern.

Nun hielt es Sara an der Zeit, Amarals Tante zu verständigen. An einem Samstagmorgen kam Maricel zusammen mit ihrem Mann, mit ihrem Bruder und mit ihrer Schwägerin aus Montevideo angereist. Sara fuhr mit ihnen hinaus nach Pilar. Um kein Aufsehen zu erregen, trennten sich die beiden Paare; die Frauen schlenderten gemeinsam durchs Dorf, und die Männer. Sie hatten Glück: Unter den Jungen, die vor dem Haus der Nachbarin auf der Gartenmauer hockten und Steine gegen einen Lichtmast warfen, war auch Juan Manuel. Maricels Bruder fragte die Kinder, wo denn die Schule sei. Dann, nachdem sie ihm den Weg dorthin beschrieben hatten: Ob es ihnen in der Schule gefalle. Wie sie mit den Lehrern auskämen. Welches ihr Lieblingsfach sei. Wie sie hießen. Alvaro, Rodolfo, Jorge Omar. Und du? Weiß nicht, sagte Juan Manuel, während er sich die Haare aus der Stirn strich. Ich hab schon etliche Namen gehabt.

Nachher, als sie sich in einer Wirtschaft zu Sara setzten, brach Maricel in Tränen aus. Er ist es, sagte sie. Sara, es ist Amaral.

Eine Woche später war der Junge verschwunden. Von der Nachbarin erfuhren sie, daß ihn sein Stiefbruder Quico Moreno zu sich nach Formosa genommen habe, in die Grenzstadt zu Paraguay, in der Moreno für den militärischen Geheimdienst arbeitete. Maricel und Alberto reisten ihm hinterher; über Vermittlung eines Senators und des Zivilgouverneurs der Provinz wurde das Kind, bis zur endgültigen Entscheidung des Gerichts, ihrer Obhut anvertraut. Moreno sagte bei der Gegenüberstellung bloß: Wenn ich geahnt hätte, daß sie uns auf den Fersen sind, wäre ich mit dem Jungen abgehauen. Amaral dagegen schien nicht überrascht zu sein. Ich habe, sagte er, schon immer wissen wollen, wer ich eigentlich bin.

Wissen, wer man eigentlich ist. Hoffen, endlich angekommen zu sein. Wünschen, alles Bedrückende abschütteln zu können. Bei Amaral hatte es geklappt, vorläufig. Aber Simón!

Ein halbes Jahr war es her, daß sich eine Frau Pelacoff bei den Großmüttern gemeldet hatte. ›Fall San Isidro‹, unter diesem Schlagwort hatte Chicha Mariani ein Protokoll über das Telefongespräch abgefaßt. Die Informantin, hatte sie geschrieben, lebt in San Isidro und arbeitet an einer Schule für behinderte Kinder. Eine junge Frau, die für einige Wochen eine andere Lehrerin vertreten hat, hat nach Auskunft der I. ein Jahr nach ihrer Hochzeit ein Mädchen adoptiert, später (1975 oder 1976) auch noch einen acht oder zehn Tage alten Buben. Das Mädchen ist dunkel, hat indianische Gesichtszüge, schmale Augen, schwarzes glattes Haar. Der Junge: helle Hautfarbe, rote Haare. – Vater der Adoptivmutter hoher Offizier der Reserve, angeblich Präsident der Argentinischen Eisenbahngesellschaft. Adoptivvater kommandiert U-Boot-Flotte Mar de Plata. Keine weiteren Angaben.

Wochen später der nächste Anruf. Männerstimme. Wieder ging es um zwei Kinder, wieder war der Adoptivvater bei der Marine, hatte seinen Dienst im Flottenstützpunkt Mar de Plata versehen, ehe er für zwei oder drei Jahre im Rahmen eines Militärabkommens zur Fortbildung nach Deutschland geschickt wurde. Die beiden Kinder, sagte der Mann, heißen Gloria und

Alejandro; sie müßten inzwischen fünf und sieben Jahre alt sein. Wie die Adoptivmutter, eine ehemalige Schulfreundin seiner Frau, erzählt habe, seien sie ihr von der Pfarre San Isidro zugesprochen worden. Angeblich habe man sie eines Morgens vor der Kirche gefunden. Das sei an sich nicht ungewöhnlich, in San Isidro wohnten reiche Leute, ein Kind, dort ausgesetzt, habe gute Chancen auf einen ordentlichen Pflegeplatz. Jedenfalls, sagte der Mann, um den Faden wieder aufzunehmen, eins der Kinder war ziemlich schwarz, das andere hell und rothaarig. Gloria rothaarig und Alejandro schwarz. Oder umgekehrt.

Wissen Sie, wann die Frau die Kinder bekommen hat.

Das kann ich herausfinden. Es wird allerdings dauern. Mein Name ist Induráin, ich gebe Ihnen meine Telefonnummer. Aber besser, Sie rufen nicht an. Nein, auch nicht im Büro. Ich melde mich, sobald ich was Neues in Erfahrung bringe. Ja. Nein. Keine Ursache.

Nach San Isidro fahren, mit dem Pfarrer reden, der von nichts weiß, die Pfarrchronik lesen, in der nichts steht, alle Kindergärten und Schulen der Umgebung abklappern, im Telefonbuch nachschlagen, anrufen, grob abgefertigt werden, einen Anwalt ins Vertrauen ziehen, auf einen ehemaligen Militärarzt treffen, nachfragen, auf Bescheid warten, sich vertrösten lassen, nicht mehr weiter wissen, plötzlich Nachricht bekommen, von Induráin, der ein Foto des adoptierten Jungen aufgetrieben hat. Alejandro, ein Rothaariger in

Gardeuniform, stolzer Blick, Bäuchlein, salutiert zakkig vor der Kamera.

Sollte das Simón sein, unser Simón.

Jetzt erst setzte sich Sara mit Frau Pelacoff in Verbindung, bat sie um ein Gespräch. Die Frau lehnte ab. Ich habe alles gesagt. Jede weitere Auskunft kompromittiert mich. Aber Señora, sagte Sara, bitte, ein paar Fragen nur, wir kommen sonst nicht weiter. Schweigen am andern Ende der Leitung. Also gut. Ich erwarte Sie am nächsten Mittwoch, abends um halb acht.

Am 19. September 1984, schrieb Sara in ihrem Protokoll, zur vereinbarten Zeit, läute ich an Pelacoffs Wohnungstür. Ein Dienstmädchen öffnet. Frau Pelacoff lebt allein. Das Dienstmädchen geht jeden Abend zum Schlafen nach Hause. Die Wohnung liegt im Hochparterre, sie ist groß und luxuriös eingerichtet. Frau Pelacoff ist Mitte Fünfzig. Sie spricht langsam. Sie macht einen guten Eindruck auf mich, scheint gefühlvoll zu sein und aufrichtig. Ich erkläre ihr, weshalb ich gekommen bin. Sie ist völlig überrascht. Sie sagt, sie sei auf meinen Besuch vorbereitet gewesen, sie habe mich ja erwartet, aber sie habe geglaubt, sie werde es mit einer Großmutter zu tun haben und nicht mit einer Mutter. Wörtlich sagt sie: »Ich bin fassungslos. Ich habe eine Großmutter erwartet. Ich habe gehofft, ich werde sie überreden können, die Suche abzubrechen, wenn ich ihr klarmache, daß der Junge die besten Pflegeeltern hat, die man sich nur vorstellen kann. Aber jetzt steht eine Mutter vor mir, und ich weiß, eine Mutter wird nie aufhören, ihr Kind zu suchen.« Dann erzählt sie mir ihr Leben. Sie sagt, daß sie den Verlust ihrer Töchter nicht überwunden habe. Beide seien jung gestorben, vor acht bzw. zehn Jahren, und beide hätten Kinder hinterlassen. Sie sagt, daß sie in der Arbeit mit taubstummen Kindern Trost gefunden habe. »Ich glaube, wenn ich diesen Kindern helfe, helfe ich auch meinen Enkelkindern.« Sie weint, während sie das sagt. Ich bitte sie, mir einige Fragen zu beantworten. Ich sage, wann ist der Junge zu der Familie gekommen, 1975 oder 1976. »Sie erinnern sich doch an den Militärputsch im März 1976. War's vorher oder nachher.« Sie denkt nach, dann sagt sie: »Er ist es, es ist Ihr Kind.« (Mir fällt ein, daß eine ihrer Töchter vor acht Jahren gestorben ist, also 1976, vielleicht ist das für sie ein besserer Anhaltspunkt.) Sie erzählt mir, daß sie im Zuge ihrer Arbeit (sie bastelt Spielzeug für die Kinder) die Adoptivmutter des rothaarigen Jungen kennengelernt habe. Deren Schwester sei Lehrerin, und weil sie eine Reise nach Mexiko unternommen habe, sei die Adoptivmutter für sie eingesprungen. Die Adoptivmutter, sagt sie, habe Gärtnerei unterrichtet. Sie habe schon früher ein Mädchen adoptiert, eins mit dunklem Teint und Schlitzaugen (zwei Jahre alt). Und dann sei sie mit einem rothaarigen Jungen in die Schule gekommen. Der Junge sei erst ein paar Tage alt gewesen. Die Frau sei außer sich gewesen vor Freude, und sie habe erzählt, daß sie tags zuvor von der Pfarre San Isidro verständigt worden sei. Daß ein Kind zum Abholen da sei. Aber daß sie sich sofort entscheiden müsse. Am Vormittag habe sie einen Kinderwagen und Babywäsche gekauft. Dann habe sie den Kleinen in die Schule mitgenommen, zum Herzeigen. Frau Pelacoff erinnert sich deshalb so genau an das Aussehen des Kleinen, weil ein größerer Gegensatz als der zwischen ihm und seiner Schwester nicht denkbar sei. Sie sagt, alle Männer in der Familie der Adoptivmutter seien Militärs. Auch andere Verwandte sollten Kinder adoptiert haben, die ihnen von der Pfarre San Isidro angeboten worden seien. Aber bis auf das Mädchen hätten sie immer nur weiße Kinder genommen, zwecks Aufhellung der Sippe. Später, sagt sie, sei der Adoptivvater für drei Jahre nach Deutschland gegangen, er habe die Familie mitgenommen. Vielleicht seien sie immer noch dort. (Ich habe den Eindruck, sie erwähnt das nur, damit ich die Suche abbreche.) Sie sagt, sie habe wohl einen Fehler gemacht, als sie die Großmütter der Plaza de Mayo verständigt habe. Sie habe es getan, weil solche Dinge nie wieder passieren dürfen. Aber wer die Kinder ihren Adoptiveltern wegnehme, zerstöre ihr Leben, ich möge daran denken. (An dieser Stelle kann ich meine Tränen nicht länger zurückhalten; ich frage sie, ob sie sich denn nicht in die Lage einer Mutter versetzen kann, und ob ein Kind nicht das Recht hat, seine wirklichen Eltern kennenzulernen.) Sie weint.

Sie sagt, wir sollten es für heute bleiben lassen. Jetzt seien wir beide deprimiert. Wir sollten uns noch einmal in aller Ruhe zusammensetzen. Dann bringt sie mich zur Tür. – Am 26. 9. 1984 rufe ich sie an, um einen neuen Termin zu vereinbaren. Sie sagt, es gebe nichts mehr zu besprechen.

Wenige Tage nach ihrem Besuch bei Frau Pelacoff stand Sara im Flughafen Ezeiza, in Buenos Aires, und musterte jeden der Fluggäste aus Madrid, die, an der Sperre vorbei, die Empfangshalle betraten. Als die Zöllner auch den letzten Passagier abgefertigt hatten, wurde ihr klar, daß sie Mauricio nicht wiedererkannt hatte.

Sie fand ihn schließlich am andern Ende der Halle. Er war grau geworden, mager, stand da mit hängenden Schultern, wie wenn ein großes Gewicht auf ihm lastete. Sara hielt sich erschrocken die Hand vor den Mund. Du bist es, sagte sie. Nach einer Weile umarmte sie ihn.

Auf der Fahrt zu Saras Wohnung sprachen sie wenig. Es dämmerte schon, als sie ankamen. Sie stellten die Koffer ab, schwiegen, begannen gleichzeitig zu reden. Lachten verlegen. Zuerst du. Nein du. Unvermittelt sagte Mauricio: Im Grunde genommen war alles meine Schuld. Wir hätten rechtzeitig fliehen müssen. Ich wußte, daß unsere Lage aussichtslos war. Warum habe ich nichts unternommen? Aus Angst, als Feigling zu gelten. Sara sagte nichts. Aber sie fühlte sich ruhiger, weil er seine Verzweiflung aufgedeckt hatte.

Sie setzten die Suche gemeinsam fort. Während sie immer noch hofften, an das Findelkind von San Isidro heranzukommen, verfolgten sie andere Spuren, darunter den Fall eines rothaarigen Jungen, den eine ledige, kinderlose Frau adoptiert hatte. Angeblich wurde das Kind im Mai 1978 geboren, irgendwo in der Provinz Corrientes. Es fand sich kein Hinweis, daß die Adoptivmutter Kontakte zu Angehörigen der Armee unterhalten hatte. Trotzdem waren Saras Mitarbeiter, die den Jungen über Wochen beschattet hatten, ihrer Sache ziemlich sicher. Er geht wie du, sagten sie, wirklich, ihr habt dieselbe Art zu gehen. Schnell, aber mit kurzen Schritten.

Eines Morgens warteten Sara und Mauricio vor dem Wohnhaus des Jungen, sahen, wie er an der Hand seiner Mutter das Haus verließ, wie sie ihn eilig weiterzog, wie er neben ihr her trippelte. In der U-Bahn saß er auf ihrem Schoß, einen Plastiklöwen in der Hand, ihm gegenüber Mauricio, versteckt hinter einer Sonnenbrille, auf der anderen Wagenseite Sara, die den Jungen über den Rand der Zeitung hinweg betrachtete. Das rote, gelockte Haar, die breite Stirn, die Sommersprossen, der weiche Mund! Aber es gab so viele Kinder, die sie an Simón erinnerten, überall in der Stadt begegneten ihnen rothaarige Buben in seinem Alter. Es muß doch was geben, dachte Sara, ein starkes, reißendes Gefühl, das mir versichert, der ist es und kein anderer. Warum fehlt es mir. Was bin ich nur für eine Mutter. Und Mauricio, was für ein Vater.

Es war ihr, als müßte sie sich gegen Mauricios Gegenwart zur Wehr setzen. Zerknirscht war er nur am ersten Abend gewesen. Jetzt glaubte er, sie könnten acht Jahre auslöschen. Oder die Zeiger zurückdrehen. Dort weitermachen, wo sie getrennt worden waren. Ihre Liebe zu Raúl wollte er großzügig übersehen. Du und ich, und sonst niemand. Auf Frauen wirkte er immer noch anziehend; Sara registrierte, nicht ohne heimlichen Spott, daß sogar die Großmütter der Plaza de Mayo seinem Charme erlagen. Sie redeten Sara zu, es nochmals mit ihm zu versuchen. Sie seien die einzigen Eltern eines verschwundenen Kindes, die überlebt hatten. Wenn das kein Ansporn sei, wieder zueinander zu finden. Aber da war Mauricios Scheu, sich festzulegen; er war nach Buenos Aires gekommen, um Sara wiederzugewinnen, hatte jedoch seiner Lebensgefährtin gegenüber geschwiegen, ob und wie es mit ihnen weitergehen werde. Und die Frau in Spanien hatte das Schweigen akzeptiert. Aus Furcht, Mauricio die Initiative zu überlassen, widersprach ihm Sara bei jeder Gelegenheit. Sie zankten. Es kam so weit, daß sie sich um die Mappe stritten, in der sie die Protokolle ihrer Nachforschungen aufbewahrten. Standen einander gegenüber und zerrten an Simóns Akte.

Laß los, es ist mein Kind, nur ich habe es gewollt. Du

hast uns alleingelassen, fast bis zur Geburt. Hast nie was unternommen, um Simón zu finden. Bist im Exil nie als sein Vater aufgetreten.

Weil ich dich nicht gefährden wollte. Ich wußte ja nicht, ob den Militärs bekannt war, daß du und ich zusammengehören und daß Simón unser Kind ist.

Lüge! Die Milicos wußten es von Anfang an. Und du hast gewußt, daß sie es wußten.

Chicha Mariani, die verdutzt zugehört hatte, riet ihnen zu einer Therapie. Sechs Sitzungen bei einer Psychologin, dann reichte es Sara. Die Frau hielt zu Mauricio, klar. Sie sprechen nie von sich, sagte sie zu Sara. Immer nur Simón, Mauricio, die ermordeten Gefährten. Lauter Verluste. Sie müssen lernen, mit diesen Verlusten zu leben. Das kann ich nicht, sagte Sara. Und das will ich nicht.

Andererseits waren ihr auch die Abuelas nicht geheuer. Sie gestatteten sich keine Rast bei der Suche nach ihren Enkelkindern. Wer innehielt, zögerte, und wer zögerte, zweifelte, und wer zweifelte, liebte nicht. Sie wollten den Zwiespalt nicht sehen, in dem Sara gefangen war – Wunsch nach Simón; Angst, Simón zu zerstören. Für die Großmütter war das Kind Saras Eigentum, ein geraubter Schatz, jetzt mußt du den Räubern ihre Beute abjagen. Aber Sara dachte auch an den Schmerz des Kindes, das gezwungen wäre, sich gegen die zu stellen, die es als seine Eltern ansah, sich zu Fremden zu bekennen, die sich als seine wirklichen

Eltern ausgaben. Diesen Schmerz werde ich Simón nicht ersparen können. Er wird mich dafür verantwortlich machen. Ich habe keine andere Wahl, außer ich überlasse ihn der Lüge. Aber hat nicht jeder Anspruch auf Wahrheit.

Irgendwann versandeten alle Spuren. Noch klammerten sie sich an den einen Fall, das Findelkind von San Isidro, dem es an nichts fehlte, nicht einmal an einer Uniform. Induráin, ihr Informant, hielt sie über den Stand seiner Nachforschungen auf dem laufenden. Alejandros Adoptivvater, meldete er Mitte Oktober, hält sich noch immer in Deutschland auf. Seine Frau dagegen ist mit den Kindern Ende September nach Argentinien zurückgekehrt. Sie lebt derzeit in einer Garnisonsstadt im Süden. Mitte Dezember wird sie meine Frau und mich in Buenos Aires besuchen.

Dann ein anderer Informant, Ingenieur, der jahrelang die elektronischen Anlagen in der U-Boot-Basis gewartet hatte: Der Adoptivvater ist für seine rassistische Einstellung bekannt. Die Tochter lehnt er wegen ihres indianischen Aussehens ab, den Sohn verwöhnt er. Während der Diktatur war er angeblich an Entführungen beteiligt. Er gilt als gewalttätig, ist immer tadellos gekleidet, verkehrt auch privat nur mit Waffenkameraden. Am 17. November ist er an Bord eines atombetriebenen U-Boots, aus Deutschland kommend, in Argentinien eingetroffen.

Knapp vor Weihnachten tauchte Induráin im Büro

der Abuelas auf. Ich bring schlechte Nachricht, sagte er zu Sara. Gestern habe ich erfahren, daß der Junge schon Mitte April 1976 adoptiert worden ist. Alejandro ist nicht Simón.

9

Vorzeiten war ein Dreher und seine Frau, die sprachen jeden Tag: Ach, wenn wir doch ein Kind hätten! und kriegten immer keins. Da trug es sich zu, als die Frau allein zu Hause war, daß das Telefon läutete und eine Richterin am Gericht für Pflegschaftsangelegenheiten zu ihr sprach: Euer Wunsch soll erfüllt werden. Ehe eine Woche vergeht, wirst du einen Sohn haben. Was die Richterin gesagt hatte, das geschah, und der Dreher und seine Frau bekamen einen Jungen, der hatte eine weiße Haut und braunes Haar und schien den beiden so schön, daß sie vor Freude sich nicht mehr zu lassen wußten. Und der Junge wuchs heran, war sittsam, freundlich und verständig, weshalb ihn jedermann, der ihn ansah, liebhaben mußte.

Da war aber auch eine Frau, die hatte einen Sohn geboren, der war ihr einst gestohlen worden, und Sara hatte lange nach ihm gesucht. Und da sie ihn in Buenos Aires nicht gefunden hatte, kehrte sie nach Montevideo zurück. Sie bemühte sich, Ruhe in ihr Leben zu bringen, und zog zu Raúl, der auf sie gewartet hatte, und suchte sich Arbeit in einem Kindergarten, weil sie sich unter Kindern ihrem Kind am nächsten glaubte. Sie war dabei, als die von der Diktatur Verjagten aus dem Exil eintrafen und als die letzten politischen Gefangenen freikamen und im Triumph durch die Stadt gefahren wurden. Sie war auch dabei, als die Überlebenden des schmutzigen Krieges Anzeige erstatteten gegen die, die sie verschleppt, bestohlen und gefoltert hatten. Sie erfuhr, daß sich die Militärs weigerten, vor einem Zivilgericht zu erscheinen, und daß sich der Oberbefehlshaber der Armee brüstete, er halte alle gerichtlichen Vorladungen von Offizieren in seinem Schreibtisch unter Verschluß; keiner seiner Untergebenen werde ihnen je Folge leisten. Sie merkte, daß immer noch die Angst umging und daß selbst der neue, demokratisch gewählte Präsident die Vergangenheit begraben wollte.

Im August 1986, als die Regierungspartei der Colorados einen Gesetzesentwurf einbrachte, der Straffreiheit für alle unter der Diktatur begangenen Verbrechen vorsah, wurde Sara gebeten, für die Frauenseite einer Zeitung einen Artikel über Mutterschaft zu verfassen. Es fällt mir nicht leicht, schrieb sie, dieses Thema zu behandeln. Ich habe Dutzende Male – manchmal glaube ich, tausendmal – schildern müssen, wie ich Simón schlafen gelegt habe, wie sie in mein Haus eingedrungen sind, wie mich Major Gavazzo gezwungen hat, Simón zurückzulassen, wie ich Simón überall gesucht habe. Aber selten, nur sehr selten habe ich erzählt, daß Simón viele Hemdchen und Strampelanzüge hatte, daß er in einem Körbchen schlief, unter einer Decke, die ich bestickt hatte, und daß er wie alle Wunschkinder mit seinen Eltern lange Gespräche geführt hat, auch wenn er noch nicht reden konnte. Ich glaube, es waren die Jahre im Gefängnis, die mich abgehalten haben, davon zu erzählen: das mir selbst auferlegte Verbot, an einen Ort, an dem alle Frauen Leid erdulden mußten, noch größeres Leid zu bringen. Denn im Gefängnis durftest du deine Wunden nicht zeigen, die Wächter hätten sonst Salz in die Wunden gestreut, und du mußtest doch stark sein. Vielleicht hat mich auch die Angst abgehalten, die Angst vor dem Grund jeden Schmerzes: deshalb habe ich geschwiegen, und wer weiß, weshalb noch. Selbst heute fällt es mir schwer, dieses Schweigen zu brechen. – Mutterschaft also ... Ich erinnere mich an meine Zweifel, die furchtbaren Ängste, die mich geplagt haben und über die ich manchmal gesprochen habe. Ein Kind kriegen, das soll man nicht dem Zufall überlassen. Aber das darf auch nicht reines Kalkül sein. Kriegen nicht Millionen Frauen ein Kind einfach so, aus Liebe zu einem Mann? Warum muß alles bis ins kleinste geplant werden? Gewiß, man sollte reif dafür sein. Deshalb war ich bei Simóns Geburt auch schon 32 Jahre alt. Später habe ich begriffen: das war das Alter, in dem mich nichts mehr irremachen konnte. Was ich dann erleben mußte, hat es mir mit aller Härte bewiesen. – Seit Simóns Geburt sind zehn Jahre vergangen. Ich weiß weder, wo er ist, noch, wie er aussieht. Ich weiß nur, daß Simón ein Kind ist, dessen Eltern ihn sehr geliebt haben. Daß sie ihm so vieles zu erzählen hätten. Aber daß er keinem gehört außer sich selbst. Simón hat diese zehn Jahre bei Leuten verbracht, die ihn – vielleicht – als ihr Eigentum ansehen. Vielleicht lieben sie ihn, aber sie haben ihn an sich genommen wie Kriegsbeute oder eben wie ein Kind, das sie nicht haben konnten.

Der Antrag, alle Militärs strafrechtlicher Verfolgung zu entziehen, wurde im Senat abgelehnt. Daraufhin versuchten die Colorados, die Opposition zu erpressen. Präsident Sanguinetti drohte, das Parlament aufzulösen und Neuwahlen auszuschreiben, was die in sich zerstrittene Partei der Blancos um jeden Preis verhindern wollte. Deshalb stellte die Mehrheitsfraktion der Blancos ihrerseits Antrag auf Teilamnestie, den sowohl die Regierungspartei als auch der Linksblock des Frente Amplio verwarfen. Nun traten Colorados und Blancos zu hektischen Beratungen zusammen, um einen Kompromiß auszuhandeln, der die Militärs zufriedenstellen sollte. Inzwischen hatte ein Gericht in Montevideo José Nino Gavazzo vorgeladen, der vor seiner Versetzung in die Reserve zum Oberstleutnant befördert worden war. Gavazzos Einvernahme war für den 22. Dezember angesetzt. Doch zwei Tage zuvor verabschiedete das Parlament gegen die Stimmen des Frente Amplio das ›Gesetz über die Hinfälligkeit des Strafrechtsanspruches des Staates‹; es sah eine Amnestie für alle Verbrechen wider die Menschlichkeit vor, die Angehörige von Armee und Polizei zwischen dem Militärputsch von 1973 und dem 1. März 1985 in Ausübung ihrer beruflichen Pflichten verübt hatten. Strafwürdig blieben nur Delikte, die in der Absicht unternommen worden waren, den Tätern einen wirtschaftlichen Vorteil zu verschaffen. Für den Fall anhängiger Verfahren – wie in dem gegen Gavazzo angestrengten Prozeß – lauteten die Bestimmungen, daß alle Unterlagen der Anklage dem Präsidenten zu übergeben seien; dieser müsse in Absprache mit Vertretern der Streitkräfte entscheiden, ob ein solches Verfahren einzustellen sei oder nicht.

In den Tagen vor der Abstimmung hatten vor dem Parlamentsgebäude Tausende gegen diese Maßnahme ›zur Befriedung des Landes‹ protestiert. Als dabei Autoscheiben zu Bruch gingen, wurden Sicherheitskräfte gegen die Demonstranten eingesetzt. Die Polizisten prügelten drauflos. Einer hatte es auf Sara abgesehen, sie stürzte, er wollte ihr mit dem Schlagstock eins überziehen, Raúl warf sich schützend über sie. Am nächsten Tag waren Sara und Raúl wieder zur Stelle, er mit eingegipstem Arm, stimmten in die Sprechchöre ein, zogen im ohrenbetäubenden Lärm der Kochtopftrommeln ihre Runden ums Parlament, trugen Tafeln mit Fotos der Verschwundenen, an deren Tod sie nicht glauben wollten, solange die Mörder frei herumliefen. Sara hielt eine Stange, an ihrem Ende schwankend Simóns Bild.

Eine Frau, grauhaarig, mager, im verschlissenen Schürzenkleid, drängte sich durch die Demonstranten, fragte: Sara, habt ihr Sara gesehen, wo ist Sara Méndez. Endlich fand sie, wen sie suchte, war noch außer Atem, als sie Sara umarmte. Ich hab eine Botschaft für dich. Bald wirst du erfahren, wo dein Kind ist. Bevor Sara etwas sagen konnte, war die Frau in der Menge verschwunden.

Weder Sara noch Mauricio, der mit seiner Lebensgefährtin nach Uruguay übersiedelt war, hatten die Hoffnung begraben, Simón doch noch zu finden. Einmal war Sara gefragt worden: Hatte Simón eigentlich noch seinen Nabel? Sie wußte es nicht. Tagelang dachte sie an nichts anderes. Bis ihr einfiel, daß sie den vertrockneten Rest der Nabelschnur eines Morgens in der Windel gefunden hatte. Sie hatte ihn, als Glücksbringer, in einer Schachtel aufgehoben.

Weihnachten ging vorüber, Silvester, Neujahr. Ende Jänner 1987 kam die Hitze über die Stadt. Wer es sich leisten konnte, mietete eine Ferienwohnung in einem Badeort. Für einen Monat schlossen Ämter, Schulen, Kindergärten. So war Sara zu Hause, als ihr die Nachricht überbracht wurde. Sie war mißtrauisch. Sie wollte dem Mann nicht glauben, weil sie sich nicht zutraute, eine weitere Enttäuschung zu verkraften. Andererseits war Germán Araújo, Direktor der einzigen unabhängigen Radiostation des Landes, über jeden

Verdacht erhaben. Selbst seine Feinde bewunderten den Mut, mit dem er der Diktatur getrotzt hatte. Radio CX-30 hatte berichtet, was alle anderen verschwiegen hatten. Die Militärs waren immer hinter ihm her gewesen, hatten aber keine Handhabe gefunden, den Sender zu schließen. Bei den ersten freien Wahlen, im Oktober 1985, war Araújo mit 60 000 Stimmen in den Senat eingezogen. Man hatte ihm sein Mandat entzogen, als er die Bevölkerung aufgerufen hatte, gegen das Amnestiegesetz für Militärs zu demonstrieren.

Jetzt stand er vor Sara, ein wenig verlegen, denn sie mochte seine Begeisterung nicht teilen. Es ist der Schock. Ich Hornochse, hätte nicht mit der Tür ins Haus fallen dürfen. Und er bat sie, Yerba aufzubrühen, und begann noch einmal von vorn zu erzählen.

Nämlich, ihm sei zu Ohren gekommen, daß im Barrio Nuevo París, einem Arbeiterviertel, ein Junge wohnen würde, der vor zehn oder elf Jahren von einem kinderlosen Ehepaar adoptiert worden sei. Ein Junge namens Gerardo Vázquez. Gerardo sei, erst wenige Tage alt, angeblich auf der Straße gefunden worden. Den Hinweis auf den Jungen habe er, Araújo, von Verwandten der Adoptivmutter bekommen, Mitgliedern des Frente Amplio, für die er seine Hand ins Feuer legen könne. Schon vor Wochen hätten sie sich in dieser Angelegenheit an ihn gewandt. Sofort habe er daran gedacht, die Familie aufzusuchen, um sich Klarheit zu verschaffen, zumal auch der Vater, ein einfacher Arbeiter, Mitglied des Frente sei oder zumindest mit dessen Zielen sympathisiere. Er müsse gestehen, daß er, über die humanitäre Verpflichtung hinaus, ein politisches Ziel verfolgt habe; der Fall sei ihm gerade recht gekommen, um die Abstimmung über das Amnestiegesetz zu beeinflussen. Dies habe er auch seinen beiden Informantinnen gesagt: Wenn der Junge eins von den verschwundenen Kindern ist, treiben wir die Abgeordneten in die Enge. Dann macht die Öffentlichkeit Druck. Dann kann Sanguinetti mit seinem Gesetz baden gehen. Aber sie hätten ihn beschworen, ihre Informationen vertraulich zu behandeln, sich die Vorsprache bei den Adoptiveltern aus dem Kopf zu schlagen. Solange nichts erwiesen sei, würde er die Familie nur unnötig verstören. Außerdem hingen die Adoptiveltern in abgöttischer Liebe an dem Kind; obwohl alle Welt wisse, daß Gerardo nicht ihr leiblicher Sohn sei, habe Zully Morales, seine Adoptivmutter, einmal sogar behauptet, daß sie ihn geboren habe. Und vielleicht habe das Schicksal des Jungen nichts mit den Verbrechen der Milicos zu tun. Wer weiß.

Am Anfang, sagte Araújo, hatte ich nur eine leise Ahnung. Aber mit der Zeit hat sich mein Verdacht erhärtet, es könnte sich bei dem Jungen um deinen Simón handeln. Erstens: Gerardo soll im August 1976 auf der Straße gefunden worden sein. Im Juli des gleichen Jahres ist dir Simón abhanden gekommen. Zweitens: Das Adoptionsverfahren ist ungewöhnlich rasch abgeschlossen worden. Wäre zu überprüfen, ob alles mit rechten Dingen zugegangen ist. Drittens: Zully Morales hat eine Kusine, die Mitte der siebziger Jahre mit Oberstleutnant Buratti verheiratet war. Rodríguez Buratti, du erinnerst dich, war Gavazzos Vorgesetzter beim militärischen Geheimdienst. Er hat die Einsätze in Argentinien geleitet. Er hatte also direkten Zugriff auf die Opfer der Repression. Und viertens: Ich habe Gerardo gesehen. Es wäre verwegen zu behaupten, daß er dir oder Mauricio ähnlich sieht. Er ist nicht rothaarig. Aber er hat brünettes Haar. Und er hat eine helle Haut, wie Mauricio.

10

Am Tag des Treffens, von dem die Rede ist, war Sara 43 Jahre alt und im siebten Monat schwanger. Eine Woche zuvor hatten ihr zwei Ärzte im Zuge einer Routineuntersuchung eröffnet, das Kind, das sie unter dem Herzen trug, weise eine Mißbildung des Zwerchfells auf, was die Entwicklung des zweiten Lungenflügels verhindert habe. Die einzige Möglichkeit, die der Stand der Medizin bot, war eine Operation unmittelbar nach der Entbindung. Die Aussicht, das Leben des Kindes zu retten, bezifferten sie mit 50 Prozent.

Aber daran versuchte Sara nicht zu denken, als sie mit Mauricio und ihrer Freundin Mariela Salaberry auf ein verwittertes Gebäude zuging, das sich zwischen den Straßen José Llupes und Julián Laguna über den ganzen Häuserblock erstreckte. Sara schwitzte, und sie hätte viel gegeben, wäre ihr die Unterredung, die nun folgen würde, erspart geblieben.

Seit der Begegnung mit Germán Araújo hatte sie alle Angaben gewissenhaft überprüft, immer gewärtig, ein winziges Detail, das er übersehen hatte, werde der Vermutung, daß es sich bei Gerardo um Simón handelte, widersprechen. Doch das Ergebnis der Nachforschungen, die sie und Mauricio mit großer Diskretion betrieben, schien Araújos Verdacht zu bestätigen. Auf verschlungenen Wegen war eine Kopie der Geburtsurkunde Gerardos in Saras Besitz gelangt; ihr zufolge war Gerardo am 25. Juni 1976 auf die Welt gekommen, nur drei Tage später als Simón. Außerdem hatte sie herausgefunden, daß in den Listen des Jugendamtes kein Junge eingetragen war, der im August 1976 als gefunden gemeldet worden wäre.

Schon Wochen vor dem Tag der Unterredung hatte sich Sara gemeinsam mit ihrer Schwester María del Carmen auf den Weg zur Schule gemacht, in der Gerardo die vierte Klasse besuchte. Das Colegio San Francisco de Asís besaß einen guten Ruf, der nicht zuletzt dem pädagogischen Geschick und dem unverdrossenen Einsatz seines Direktors Robert Rosella zu verdanken war.

Rosella hatte die beiden Frauen freundlich empfangen und Saras Bericht mit wachsender Bestürzung angehört. Auf die Frage nach Gerardos Wesen hatte er geantwortet, der Junge sei aufgeweckt, beliebt bei seinen Kameraden wie bei den Lehrern. Seine Eltern würden sich sehr um ihn kümmern, viel mehr als es in diesem Viertel gemeinhin der Fall sei. Er, Rosella, könne sich, ehrlich gesagt, schwer vorstellen, daß sie den Jungen adoptiert hätten, wenn sie seine wahre Herkunft auch nur geahnt hätten. Deshalb sind wir auch hier, hatte Sara gesagt. Weil wir gehört haben, daß ein Neffe des Adoptivvaters während der Diktatur ermordet worden ist. Weil also anzunehmen ist, daß sie für unser Anliegen Verständnis aufbringen. Ich will nicht ausschließen, daß Gerardo gar nicht Simón ist. Vielleicht mache ich mir auch diesmal Illusionen. Obwohl, so viele Zufälle auf einmal kann es gar nicht geben. Ohne Amnestiegesetz wäre alles viel einfacher. Dann müßten Buratti und Gavazzo vor Gericht aussagen. Dann käme die Wahrheit ans Tageslicht. So bleibt uns nur die Hoffnung, daß Gerardos Eltern einer Blutprobe zustimmen. Sie gibt uns die Gewißheit, ob er mein Kind ist. Simóns Vater und ich wollen mit dem Ehepaar sprechen, ihnen unsere, meine, Simóns Geschichte erzählen. Vielleicht hören sie uns an. Und vielleicht können Sie bei dem Treffen dabei sein, als einer, dem die andere Seite vertraut.

Rosella hatte sich ohne Zögern bereit erklärt, die Begegnung herbeizuführen. Am besten hier, in der Schule, hatte er gesagt. Abends sind wir ungestört. Dann hatte Saras Schwester gesagt, sie hätten noch eine Bitte. Ob sie Gerardo sehen dürften. Soll ich ihn holen lassen, hatte Rosella gefragt, und Sara hatte erschrokken abgewehrt.

In der nächsten Pause war sie am Fenster gestanden, das auf den Schulhof hinausging, und hatte in den besonnenen Bewegungen, im braunen Haarschopf, runden Gesicht, Lachen des Buben, den ihnen der Direktor gezeigt hatte, den Beweis gesucht, daß er es war, dem sie zustand.

Das Treffen mit Gerardos Adoptiveltern fand am 3. September 1987 statt. Sara, Mauricio und Saras Freundin Mariela hatten auf einer langen Bank Platz genommen und schweigend gewartet. Dann war, mit allen Anzeichen innerer Erregung, Robert Rosella erschienen und hatte sie gebeten, ihm zu folgen.

In dem Klassenzimmer saßen schon Gerardos Eltern. Der Direktor machte sie miteinander bekannt. Carlos Vázquez, ein Mann Anfang Vierzig, hager, mit schütterem Haar, gab ihnen die Hand. Seine Frau Zully murmelte einen Gruß, sah aus weit auseinanderliegenden Augen an Sara vorbei. Sie setzten sich. Die Stühle knarrten. Zully klammerte sich an ihre Handtasche. Saras Hände waren um ein Taschentuch gekrampft.

Robert Rosella räusperte sich, ehe er zu sprechen begann.

Zwei Jahre später sollten die Adoptiveltern des Minderjährigen Gerardo Vázquez Morales vor dem Untersuchungsrichter die Umstände schildern, unter denen sie in den Besitz des Jungen gelangt waren.

Sie hätten im Jahr 1968 geheiratet, sagte Zully Morales, und im Jahr darauf sei sie schwanger geworden und habe das Kind verloren, und noch ein Jahr später sei sie wieder schwanger geworden und habe ihr Kind auch diesmal verloren, obwohl sie sich geschont habe und von Anfang an unter ärztlicher Kontrolle gestanden sei. Dann sei sie vor weiteren Schwangerschaften gewarnt worden, und deshalb hätten sie sich 1974 am Gericht vormerken lassen, und dreimal habe sie die Richterin, Frau Dr. Varela de Motta, hinzitiert, aber das erste Mal sei ein zur Adoption freigegebenes Baby einem anderen Ehepaar ausgehändigt worden, das schon länger als sie gewartet habe, dann sei ein anderthalbjähriges Mädchen frei gewesen, sie seien vorgeladen worden, aber die Frau am Gericht habe ihnen gesagt, sie sollten das Mädchen besser nicht nehmen, weil schon die Großmutter der Kleinen eine Prostituierte gewesen sei, und die Mutter sei auch eine Prostituierte, und das dritte Mal hätten sie eine Tragtasche für das Kind aufs Gericht mitgenommen, und dort hätten sie einen Abholschein gekriegt, mit dem sollten sie aufs Jugendamt gehen, dort würde ein Baby auf sie warten. Aber dieses Baby sei farbig gewesen, und die Psychologin am Jugendamt habe gemeint, für farbige Babys gebe es farbige Eltern, und dann sei viel Zeit verstrichen. Im Jahr 1976, Ende August, oder ein paar Tage früher, habe sie im Radio gehört, daß ein Baby vor der Tür eines Geschäftslokals weggelegt worden sei, weggelegt und gefunden, in einem Mülleimer, und sie habe Frau Dr. Varela de Motta angerufen, die habe ihnen das Kind versprochen, und wieder hätten sie sich am Gericht den Abholschein geholt. Dieses Baby soll ein Schild um den Hals getragen haben, mit folgender Aufschrift: »Ich heiße Marcelo Alejandro wer mich nimmt soll mir viel Liebe schenken«, zwei Monate sei der Junge alt gewesen, und er sei ihr am 27. August 1976 ausgehändigt worden. Also habe Gott endlich Einsicht gezeigt, ihre Gebete erhört und ihr das Kind ihres Herzens zugeführt.

Der Adoptivvater, Carlos Vázquez, gab zu Protokoll: Seine Frau und er hätten am Pflegschaftsgericht in der Calle 25 de Mayo vorgesprochen. Ein befreundetes Ehepaar habe ihnen dazu geraten. Geklappt habe es erst beim vierten Versuch. Das erste Mal sei ihnen eine andere Familie vorgezogen worden. Dann sei ein neues Kind frei geworden, und am Gericht habe man ihnen eine Vollmacht ausgestellt, mit der Vollmacht seien sie aufs Jugendamt gegangen und hätten das Kind abgeholt und mit nach Hause genommen, ein farbiges Kind, doch die Psychologin habe sie überredet, es zurückzugeben, und das dritte Mal sei es um ein Mädchen gegangen, das ihnen die Richterin nicht geben wollte, weil die Mutter aufgetaucht sei. Das vierte und letzte Mal sei ein Junge gefunden worden, neben einem Mülleimer im Viertel Curva de Maroñas, er habe es in der Zeitung ›El País‹ gelesen, im Jahr 1976, Juli oder August, und die Person, die ihn gefunden hatte, habe den Jungen im Jugendamt abgeliefert, und sie hätten vorgesprochen, und auch diese Person habe vorgesprochen, und sie hätten ein zweites Mal vorgesprochen, und nach ein paar Tagen habe sich die Richterin endlich entschieden, und sie hätten Gerardo im Jugendamt in der Calle Fernández Crespo, Ecke Cerro Largo, abgeholt.

Zully Morales sagte, für die Formalitäten der Adoption hätten sie vier Zeugen beibringen müssen, zwei weitere Zeugen für die standesamtliche Eintragung.

Carlos Vázquez sagte, er wisse nicht, wo der Adoptionsvertrag hingekommen sei, der die Formalitäten der Adoption enthält. Am Tag der standesamtlichen Eintragung habe seine Frau den Vertrag mitnehmen wollen, jedoch sei ihr dies nicht gestattet worden.

Zully Morales bejahte die Frage des Richters, ob der Minderjährige wisse, daß er nicht das leibliche Kind seiner Eltern sei.

Carlos Vázquez gab an: Sie hätten es ihm gesagt, als er fünf Jahre alt war.

Auf die Frage, wie Gerardo reagiert habe, antwortete Zully Morales: Er sei mit Hilfe eines Psychologen darauf vorbereitet worden. Sie hätten es ihm mit vier Jahren gesagt, und auch sie hätten psychologische Assistenz benötigt, denn sie, Zully, habe es Gerardo zuerst nicht sagen wollen, aber ihre Schwiegermutter habe es ihm verraten, als er erst zwei Jahre alt war, da habe er sich gesträubt, sein Verstand sei wie blockiert gewesen, und als er sechs war, hätten sie nochmals mit ihm darüber gesprochen, auch diesmal mit psychologischer Beratung.

Zuerst habe sich Gerardo nicht weiter interessiert, sagte Carlos Vázquez, aber hin und wieder würde er nach den Umständen seiner Adoption fragen, jedoch wolle er nichts über seine frühere Mutter in Erfahrung bringen. Sein Verhalten sei normal, auch in der Schule, er würde gute Noten nach Hause bringen, dem Schuldirektor zufolge sei Gerardo ein Kind, das keine Probleme hat und keine Probleme macht.

Dann seien diese Stimmen aufgetaucht, sagte Zully Morales. Neun Monate hindurch sei sie psychisch gefoltert worden, »wo ist Simón«, Stimmen wie aus dem Jenseits, am schlimmsten sei es im Juni 1986 geworden, von früh bis spät das Telefon, eine Stimme, am 6. Juli habe die Stimme gesagt, sie sollen gut auf ihr Kind aufpassen, sonst passiert ihm was, insgesamt drei verschiedene Frauenstimmen, von neun Uhr morgens bis sechs, halb sieben Uhr abends, immer wieder, immer dasselbe, so daß sie zu ihrem Hausarzt gegangen sei, er möge was dagegen unternehmen, dann sei endlich Ruhe eingekehrt.

Carlos Vázquez behauptete: Ende 1986 habe es angefangen, mit Stimmen wie aus dem Grab, schaurig, fast immer von einer Frau. Sie seien völlig ahnungslos gewesen, hätten nicht begriffen, worum es eigentlich ging. Zuerst nur dieser eine Satz. »Geben Sie Simón zurück.« Dann habe man sie beschimpft, und später sei es sogar zu sexuellen Anspielungen gekommen. Einmal habe man sie um zwei Uhr früh aus dem Schlaf gerissen. Am 25. Juni 1987, an Gerardos Geburtstag, sei es besonders arg gewesen. Da hätten sie mit ihrem

Arzt geredet, der mit dem Direktor der Telefongesellschaft befreundet war, und sie hätten eine Geheimnummer bekommen, und seine Frau habe unterschreiben müssen, daß sie die neue Nummer nur fünf Personen bekannt gibt. Kaum hätten die Anrufe aufgehört, seien sie vom Schuldirektor verständigt worden, sie sollen vorsprechen kommen.

Noch am selben Abend, sagte Zully Morales, seien sie hingegangen, die Schule sei nur vier Häuserblocks weit entfernt, und der Direktor habe ihnen mitgeteilt, daß eine Frau namens Sara Méndez bei ihm gewesen sei, ob Gerardo rothaarig ist und ob er eine Brille trägt, und der Direktor habe gesagt, er trägt eine Brille, aber rothaarig ist er nicht.

Carlos Vázquez sagte, sie seien nach dem Gespräch mit dem Direktor richtiggehend am Boden zerstört gewesen.

Zully Morales sagte, diese Frau Méndez habe behauptet, Gerardo sei wahrscheinlich ihr Kind.

Ein paar Tage später, sagte Carlos Vázquez.

Am Mittwoch darauf, sagte Zully Morales.

Ein paar Tage später seien sie in einer anderen Sache wieder in der Schule gewesen, und da habe es der Zufall gewollt, daß auch Sara Méndez und Mauricio Gatti da waren, weil sie mit ihnen reden wollten, und Zully habe nicht reden wollen, aber Carlos habe gemeint, sie müßten sich damit auseinandersetzen, und die Besprechung habe noch am selben Abend stattgefunden.

Für Sekunden glaubte sich Sara an einen fremden Ort versetzt, wo alle Gegenstände anders heißen und zu was anderem verwendet werden. Es war ihr, als gehörte sie nicht hierher. Aber dann vergaß sie sich wieder und redete, und während sie redete, überlegte sie verzweifelt, wie sie das Ehepaar von der Lauterkeit ihrer Absichten überzeugen konnte.

Vázquez-Morales fühlten sich von Anfang an in die Enge getrieben. Es half nichts, daß ihnen Robert Rosella eingangs versicherte, wie sehr er sie schätze. Es half auch nichts, daß er an sie appellierte, einer Mutter zu helfen, die seit elf Jahren ihr Kind sucht. Daß er sie an das Recht eines Kindes erinnerte, seine Mutter kennenzulernen.

Gerardo, mein Kind. Ich bin seine Mutter.

Während Carlos Vázquez Zullys Hand tätschelte, erzählte Sara, mit leiser Stimme, wie Simón geraubt worden war. Wie ihr Gavazzo befohlen hatte, Simón zurückzulassen. Wie er ihr, Monate später, Oberstleutnant Buratti als denjenigen vorgestellt hatte, der Simón suchen würde. Wie Buratti es ihr versprochen hatte. Wie sie jahrelang ohne Nachricht geblieben war. Wie sie, zuerst allein, dann mit Mauricio, nach Simón gesucht hatte.

Was hat das alles mit uns zu tun.

Dann sprach Mauricio, mit weit ausholenden Handbewegungen, als wollte er Gerardos Eltern in seine Rede einschließen. Er zählte auf, was sie in Erfahrung gebracht hatten. Das Geburtsdatum Gerardos, Simóns Geburtstag. Der Tag, an dem Simón verschwunden war, und der Tag, an dem Gerardo angeblich gefunden wurde. Burattis Kommando über die Aktion, bei der Sara entführt worden war, und seine familiäre Beziehung zu Gerardos Eltern. Gerardos heller Teint und Simóns weiße Haut.

Bei jedem Satz stöhnte Zully auf.

Gerardo, das beweist gar nichts, gehört mir.

Und Vázquez: Wie sind Sie auf uns gekommen? Wer hat uns angeschwärzt?

Unwichtig.

Wer! Sagen Sie schon.

Beruhigen Sie sich, sagte Mariela Salaberry. Denken Sie an Sara. Versetzen Sie sich auch in ihre Lage.

Wer versetzt sich in meine Lage, rief Vázquez.

Und Zully sagte: Wie war er denn, dein Simón? War er krank?

Gesund, erwiderte Sara. Es hat ihm nichts gefehlt.

Habt ihr es gehört? Er war gesund, sagt sie. Gerardo war nicht gesund. Er war unterernährt. Ausgehungert und rachitisch.

Seltsam, sagte Sara. Die Militärs haben die Kinder, die sie verschleppt haben, meistens gut versorgt.

Dann fragte Mauricio, wie sie zu dem Jungen gekommen seien.

Jedenfalls nicht über Buratti. Der hat damit nichts zu tun. Gerardo ist auf der Straße gefunden worden. Wir haben es in der Zeitung gelesen. Bei der Adoption ist alles mit rechten Dingen zugegangen. Bitte, Sie können es überprüfen.

Wir haben es überprüft, sagte Mauricio. Im Monat August 1976 ist auf dem Jugendamt kein männliches Findelkind eingetragen worden.

Weil wir ihn schon vorher zu uns genommen haben. Sicher haben wir ihn früher bekommen. Im Juli. Gerardo kann also gar nicht Ihr Kind sein.

Angenommen, Sie haben recht. Dann können Sie einer Blutprobe ruhigen Gewissens zustimmen.

Nein! schrie Zully.

Wir denken nicht daran, sagte Vázquez. Sie wollen uns hereinlegen. Wir wissen auch ohne Blutprobe, daß Gerardo uns gehört. Es hat alles seine Ordnung. Wir haben uns nichts vorzuwerfen.

Sara sagte: Wir wollen Ihnen Gerardo nicht wegnehmen. Auch dann nicht, wenn die Blutprobe ergeben sollte, daß er Simón ist. Wir wollen auch nicht, daß er erfährt, weshalb ihm Blut abgenommen wird. Er soll nicht unnötig leiden.

Nein und nein.

Noch einmal versuchte es Sara: Ich weiß, was es heißt, ein Kind zu erziehen. So viele Jahre für ein Kind zu sorgen, alle Freuden und Sorgen mit ihm zu teilen. Aber ich darf doch wissen, ob wir Simón endlich gefunden haben. Oder ob ich weitersuchen muß.

Nichts da. Wir lassen uns nicht einwickeln.

Mauricio stützte die Hände auf seine Oberschenkel und sah Vázquez in die Augen. Entweder Sie stimmen der Blutprobe zu, sagte er, oder wir sehen uns vor Gericht wieder.

Dein Gericht kann mir den Buckel runterrutschen, rief Zully. Ich brauch kein Gericht. Ich war schon bei Gericht, wie ich mir mein Kind geholt habe.

Als sie zur Haltestelle gingen, war es kalt. Es regnete. Sara mußte sich zwingen, jetzt nicht zu schreien. Sie wollte zurück, den anderen nach. Das Ehepaar Vázquez einholen, sagen, was zu sagen sie verabsäumt hatten. Oder was sie falsch gesagt hatten. Den Abend auslöschen, das Gespräch neu beginnen.

Zu Hause hielt Raúl sie umfangen. Sie schloß die Augen und merkte, daß sie die Zähne zusammenbiß, als wäre sie noch im Gefängnis. Sie war ganz leer. Sie weinte, es klang wie ein Lachen. Wie hatte sie glauben können, es werde ihnen gelingen, Simón endlich zu finden.

Am nächsten Morgen war alles wie sonst. Sie fuhr mit Raúl in die Nationalbibliothek und sah alle Zeitungen durch, die im Winter 1976 erschienen waren. In ›El Día‹ fanden sie schließlich die Meldung von der Kindesaussetzung. Vor Hausnummer 4945 der Straße Manuel Calleros, hieß es in der Ausgabe vom 20. August 1976, wurde ein etwa zwei Monate altes Baby gefunden, das von seiner entarteten Mutter, die bis jetzt nicht ausgeforscht werden konnte, zurückgelassen worden war. Der Minderjährige wurde auf Verfügung des zuständigen Richters ins städtische Waisenhaus eingeliefert.

Abends rief Robert Rosella an. Es überraschte sie nicht, als er ihr sagte, Gerardos Eltern seien bei ihm gewesen. Sie hätten ihre Behauptung, wonach sie Gerardo schon im Juli zu sich genommen hatten, zurückgezogen. Die Aufregung , sagte Sara. Ich weiß, was in ihnen vorgeht. Und sie setzte sich an den Tisch und begann einen Brief zu schreiben.

Es gibt Dinge, schrieb sie, die sich in einem Gespräch nur schwer sagen lassen. Deshalb schicke ich Ihnen diese Zeilen. Ich hoffe, daß sie Ihnen helfen, jene Ruhe zu finden, die so wichtig ist, wenn man Schweres durchmacht und gezwungen ist, eine Entscheidung zu treffen. Sie sollen wissen, daß ich mich wie Mauricio – Simóns Vater – freue, wenn ich mit Menschen spreche, die unsere Anschauungen teilen. Die im Alltag, in der Politik so denken wie wir. Die, kurz gesagt, auf derselben Seite stehen. Das darf ich voraussetzen. Und auf dieser Grundlage will ich Ihnen sagen, daß mir im Lauf der Jahre, in den Jahren der Suche, einiges klar geworden ist, daß ich begriffen habe, was ich vorher nur geahnt hatte.

Die Entführung des eigenen Kindes miterleben müssen. Nichts über sein Schicksal erfahren. Es, weil man im Gefängnis sitzt, nicht suchen dürfen. Zusehen müssen, wie die Zeit verstreicht. Den Verlust registrieren. Verlust eines Gesichts, das sich verändert, das andere Züge bekommt, Mund, Näschen, Wangen. Verlust zweier Beine, auf denen das Kind die Welt kennenlernt, ohne daß wir ihm bei seinen ersten Schritten helfen können. Verlust des ersten Wortes, das wir nie hören.

Es braucht Zeit, sich diesen Verlust einzugestehen. Vielleicht hätte ich ihn nie verwunden, wäre in mir nicht die Überzeugung gereift, daß ein Kind nicht denen gehört, die ihm das Leben geschenkt haben. Es ist ein Wesen für sich, auch wenn es unsere Hilfe benötigt, unsere Zuwendung und unser Verständnis. Aber sein Leben gehört nur ihm selbst. Ich weiß, das Zusammensein mit einem Kind stellt immer neue Herausforderungen. Ich kenne die Angst vor den Gefahren. Ich weiß, daß wir ihm jeden Kummer ersparen wollen. Daß wir versucht sind, ihm jede Entscheidung abzunehmen, denn Erwachsene kennen die Welt nun einmal besser. Als Kindergärtnerin passiert mir das jeden Tag, und ich vermute, Müttern und Vätern passiert es noch viel häufiger. Immer wird unsere Überzeugung, unser Respekt vor der Freiheit des andern auf eine harte Probe gestellt.

Vielleicht habe ich mich nicht klar genug ausgedrückt. Vielleicht ist es besser, wenn ich Ihnen sage, daß mir der Gedanke, mit Gerardo könnte eine lange Suche ihr Ende finden, genauso viel Angst macht wie

Ihnen. Und daß ich alles daransetzen will, damit sie glücklich endet, ohne Qual, ohne Gewalt.

Und noch etwas möchte ich Ihnen sagen: Wir dürfen uns nie als Feinde betrachten, als Opfer und Täter. Für das, was wir jetzt durchmachen, sind andere verantwortlich, und diese Anderen stehen tatsächlich auf der anderen Seite.

Auf Anordnung der Ärzte, die eine Frühgeburt nicht ausschließen wollten, wurde Sara schon Anfang Oktober im Krankenhaus aufgenommen. Sooft Raúl sie besuchen kam, fragte sie, ob er einen Brief für sie dabei habe. Dann nicht mehr. Sie strengte sich an, nicht länger an Gerardo zu denken. Sie bedauerte sich nicht. Sie war sicher, diesmal wird alles ein gutes Ende nehmen.

Am 9. November 1987, zwei Tage vor Saras Entbindung, heirateten Sara und Raúl. Es war ein jäher Entschluß, der auf ihrer Zuversicht gründete. Raúl lief zum Portier und rief zwei Freunde an. Laßt alles liegen und stehen, kommt her, vergeßt nicht den Personalausweis. In einem Nebentrakt des Spitals, in dem, für Notfälle, ein Standesamt eingerichtet war, wurden sie getraut.

María Victoria kam per Kaiserschnitt zur Welt. Sie starb während der folgenden Operation.

11

Ein Jahr lang konnte man überall im Land Menschen beobachten, die in kleinen Gruppen, zu dritt oder viert, von Haus zu Haus zogen, klingelten, grüßten und den Bewohnern ihr Anliegen wortreich zur Kenntnis brachten. Manchmal wurden sie weitergebeten, ins Zimmer oder in die Küche, wo sie über Fußball redeten, über die galoppierende Inflation, über Politik, und Mate oder Kaffee zu trinken bekamen, während die Frau des Hauses oder der Mann auf der Suche nach dem Wahlausweis in einer Schublade wühlte. Dann setzten sich die Gastgeber, legten den Ausweis vor sich auf den Tisch und bemühten sich, ihre Unterschrift möglichst getreu auf ein von den Besuchern mitgebrachtes Formular zu übertragen. Es war aber auch zu beobachten, daß den Unterschriftensammlern Häuser verschlossen blieben oder daß sich die Türen nur einen Spalt weit öffneten und gleich wieder zugeschlagen wurden oder daß sich die Beworbenen dem Begehren der Werber lautstark widersetzten.

Im Radio und im Fernsehen warnten Vertreter der Regierung vor diesen mit Kugelschreibern und Papieren bewaffneten Trupps. Der Bevölkerung wurde geraten, sich die Freuden des Feierabends nicht trüben zu lassen, die Störenfriede abzuweisen und besonders hartnäckige Besucher wegen Hausfriedensbruchs anzuzeigen. Da dieser Aufruf seine Wirkung verfehlte, verlegten sich Regierungsstellen darauf, die Kampagne totzuschweigen. Oder sie erklärten, es sei schade um den Aufwand. Denn das Ziel der Bürgerinitiative werde ohnehin verfehlt. Die Nation habe die Händel der Vergangenheit satt, und mit Recht. Was vorbei ist, zählt nicht mehr, erklärte Präsident Sanguinetti. Man muß nach vorne schauen, nicht nach hinten.

Die Initiative gegen das Gesetz, das die Militärs vor strafrechtlicher Verfolgung schützte, beschritt den einzigen Weg, den ihr die Verfassung der Republik offen hielt: sie sammelte Unterschriften. Mindestens 25 Prozent der Wahlberechtigten mußten unterschreiben, damit in einer Volksabstimmung über das Gesetz entschieden werden konnte. Insgeheim zweifelten selbst unverbesserliche Optimisten am Erfolg ihrer Kampagne. Zu groß war immer noch die Furcht vor den Militärs. Wer unterschrieb, wußte, daß sein Name auf die schwarze Liste der Armee gesetzt wurde. Doch das Ergebnis übertraf alle Erwartungen; zum Jahresende 1987 lagen der Wahlbehörde 634 702 Unterschriften vor – 75 000 mehr, als erforderlich waren.

Die Auszählung zog sich ein weiteres Jahr hin. Von Anfang an hatte die Behörde gewarnt, sie werde nur jene Unterschriften anerkennen, die denen auf den Wahlausweisen entsprachen. Nun verschärfte sie ihre

Bestimmungen: Kein Buchstabe durfte nachgezogen, ausgestrichen oder sonstwie korrigiert sein. Denn es sei zu vermuten, daß die betreffenden Bürger unter Druck, gegen ihren eigentlichen Willen, unterschrieben hätten und dies mittels Formfehlern signalisieren wollten. Tausende Unterschriften wurden für ungültig erklärt, weil der Punkt auf dem i fehlte, oder weil eine Schleife zu eng, ein Haken zu dick geraten war, oder weil ein V mit einiger Mühe auch als U gelesen werden konnte. So schaffte es die Wahlkommission, die Zahl der Befürworter eines Plebiszits unter das gesetzliche Minimum zu drücken.

Im Dezember 1988 waren alle Bürger, deren Unterschriften beanstandet worden waren, aufgerufen, gegebenenfalls ein zweites Mal zu unterschreiben, innerhalb von drei Tagen, in Wahllokalen, die nur während der Arbeitszeit geöffnet hatten. Die Erwartung der Regierung, die Leute seien der Schikanen müde geworden, erfüllte sich nicht. Als am 21. Dezember, um drei Uhr nachmittags, das letzte Wahllokal schloß, ließ Germán Araújo in seinem Sender das Halleluja aus Händels ›Messias‹ spielen. Auf der Dieciocho de Julio feierten Zehntausende den Erfolg der Initiative.

Unter ihnen Sara.

Ihr war es schwergefallen, damals nicht aufzugeben. Sich nicht zurückzuziehen, abzuwenden, fallen zu lassen. Weitermachen, aber wie. Und woher die Stärke nehmen. Woher den Willen, ein Leben zu führen in Erwartung eines anderen, das zum Greifen nahe schien. Die Arbeit als Kindergärtnerin hatte sie als unerträglich empfunden, weil sie unter vielen Kindern immer an das eine, abwesende, denken mußte. Deshalb hatte sie sich nach einer Tätigkeit umgesehen, bei der sie nicht auf Erinnerungen angewiesen war. Gemeinsam mit einer Freundin begann sie einen Handel mit Baumwollhemden aus Indien. Es wurde nicht das große Geschäft, half ihr aber, was fehlte, nicht ständig zu vermissen. Und es reichte, zusammen mit Raúls Einkommen, um den Lebensunterhalt zu bestreiten. Die Kampagne gegen das Amnestiegesetz unterstützte sie nach Kräften; doch lehnte sie es vorerst ab, als Sprecherin der Initiative aufzutreten. Man hätte sie gern als Symbolfigur dabei gehabt, so wie die Großmutter des in Argentinien verschleppten Mädchens Mariana Zaffaroni oder wie die Witwen der ermordeten Abgeordneten Gutiérrez Ruiz und Michelini. Erst der Widerhall der Kampagne gab ihr Hoffnung. Es ist nicht alles verloren. Sie reiste ins Hinterland, trat in Gewerkschaftslokalen, in Kinosälen, auf Dorfplätzen als Rednerin auf, erzählte von Simón und protestierte gegen das Gesetz, das sein Schicksal dem Vergessen überantwortete. Von Gerardo, der Kette von Indizien, die zu einem ebenerdigen Häuschen in der Calle Juan Bautista Alberdi führten, sprach sie nicht. Sie wollte weder ihn noch seine Adoptiveltern in die Enge treiben. Sie wußte, daß Germán Araújo mit dem Ehepaar Vázquez-Morales zusammengetroffen war. Er hatte ihnen lange zugeredet, sein Wort gegeben, daß bei einer Blutprobe alles mit rechten Dingen zugehen werde. Wenn Sie einverstanden sind, nehmen wir die Untersuchung in Buenos Aires vor, im Hospital Durand gibt es Ärzte, die darauf spezialisiert sind.

Gehen Sie. Lassen Sie uns in Frieden.

Dann hatte sich auch ein Priester bemüht. Zully hatte ihn nicht ins Haus gelassen. Ihr Mann sei noch arbeiten. Er möge, wenn schon, am nächsten Tag wiederkommen. Aber da hatte ihm niemand aufgemacht, nur eine Gardine hatte sich bewegt.

In den Wochen vor der Volksabstimmung, die für den 16. April 1989 angesetzt worden war, verstärkten sich die Angstparolen der Regierung. Sollten ihre Gegner siegen, würde Uruguay von einem Strudel blinder Gewalt erfaßt werden. Die Attacken gegen das Gesetz seien als Kampfansage an die Demokratie zu werten. Auch die Armeeführung verurteilte die Rachegelüste einer verbohrten Minderheit; ein General rief gar zur Fortführung des Krieges gegen die internationale marxistische Verschwörung auf.

Die Bürgerinitiative dagegen bemühte sich mit heiteren, lebensfrohen Werbespots um die noch unentschlossenen Wähler. Als Abschluß der Kampagne war ein kurzer Film mit Sara vorgesehen. Man hielt das Projekt bis zuletzt geheim, bangte, daß sie ihre Einwilligung verweigern werde, drehte den Streifen dann in einer einzigen Nacht.

Alle Fernsehstationen weigerten sich, den Film auszustrahlen. Es sei unfair, den Zuschauern eine Frau vorzusetzen, deren Aussagen die Emotionen weiter anheizen würden. Unter der Hand war zu erfahren, daß das Kulturministerium die Sender angewiesen hatte, keine Werbezeit zur Verfügung zu stellen. In Montevideo versuchte die Bürgerinitiative, den Boykott zu durchbrechen; sie installierte an Straßenkreuzungen Videogeräte und zeigte immer wieder den Film mit Saras Botschaft: Mein Name ist Sara Mendez. Als mein Sohn Simón zwanzig Tage alt war, wurde er mir aus den Armen gerissen. Bis heute habe ich ihn nicht finden können. Das Gesetz der Straffreiheit hindert mich nachzuforschen. Mein Herz sagt, daß Simón am Leben ist. Werden Sie mir am Sonntag helfen, mein Kind zu finden?

In der Hauptstadt stimmte die Mehrheit der Wähler gegen das Gesetz. Aber landesweit setzten sich seine Befürworter mit 57 Prozent der Stimmen durch.

Gerardo mit Geburtstagstorte. – Gerardo im Kindergarten, 1. v. r. – Gerardo an seinem fünften Geburtstag. – Gerardo am ersten Schultag, mit Kittel und Krawatte. – Gerardo mit Kerze und Kreuz, bei der Erstkommunion. – Gerardo im Fußballdress, die Hände in die Hüften gestemmt. – Gerardo in der Jugendmannschaft, hockend, 2. v. l. – Gerardo mit drei Kusinen. – Gerardo, mit Mikrophon, auf dem Abschlußfest seiner Schule. – Gerardo am Strand von Punta del Este. – Gerardo beim Baden im Meer, mit seinem Vater. – Gerardo zwischen Mutter und Großvater, zu Silvester. – Gerardo mit seinem Vater. – Gerardo mit seiner Mutter. – Gerardo im Karneval. – Gerardo mit Trommel. – Nur Gerardo. Gerardo.

Oder: Video mit Gerardo, eine Stunde lang. Gerardo bei der Generalprobe der szenischen Aufführung der ›Möwe Jonathan‹, im Hof der Schule San Francisco de Asís. Oder: eine übersteuerte Aufnahme eines Protestliedes, das Gerardo mit Freunden singt. Das Protestlied ist eine *Nana*, ein Wiegenlied für ein verschwundenes Kind. Das verschwundene Kind heißt Simón Riquelo. Oder: Kopien von Zeugnissen des Schülers Gerardo Vázquez Morales. Könnte mehr leisten. Sehr interessiert. Gute Arbeit. Guter Schüler. Gute Leistung. Hat sich bemüht. Hat Stoff gut verarbeitet. Könnte viel mehr leisten. Hat Schwierigkeiten mit großem Einsatz überwunden. Befriedigend. Hat gut gearbeitet. War abgelenkt. Hat Interesse gezeigt. Ist zum Aufstieg in die nächste Klasse berechtigt.

Manchmal glaubte sie, die Leute würden ihr nur das sagen, was sie hören will. Daß er ihr ähnlich sieht, daß er glattes Haar hat wie sie, eine Brille trägt wie sie, daß er fröhlich ist, daß er ziemlich ironisch sein kann, daß er einen beißenden Humor hat. Daß er von Mauricio die Liebe zur Musik geerbt hat, in einer Sambaschule Schlagzeug lernt, bei einer Murga die Trommel schlägt, in einer Musikgruppe also, die mit ihren Liedern und Sprechgesängen politische Mißstände aufs Korn nimmt. Daß er auf seiten der Schwachen steht. Daß er sehr beliebt ist. Daß er bei einer Umfrage von den meisten Mitschülern als ihr bester Freund genannt wird.

Das alles habe sie ermutigt, mit Gerardo zu reden. Eine Fürsorgerin vom Jugendamt bestärkte sie in ihrer Absicht. Er ahnt, daß ihm seine Eltern etwas verschweigen. Es ist wichtig, daß du es ihm sagst. Er wartet darauf. Er hat das Recht, es von dir zu erfahren.

Saras Bemühen, seine Identität geheimzuhalten, war ohnehin gescheitert. Schwer zu sagen, wo Gerüchte ihren Anfang nehmen. Wer was zu wispern beginnt. Raunen, neugierige Blicke von Nachbarn. Eine Frau beim Krämer, die, als Gerardo das Wechselgeld einsteckt und geht, dem Ladenbesitzer zuflüstert, das ist doch der Junge, von dem die ganze Stadt spricht. Oder ein Mitschüler, der es zu Hause aufgeschnappt hat: Stimmt es, daß du Simón bist. In der Sambaschule, abends: Jähes Verstummen, als Gerardo den Raum betritt. Bedeutungsvolles Zwinkern, Grinsen. Vielleicht auch: ehrfürchtiges Staunen, ein Held. Hast du Glück. Ich wär froh, wenn ich nicht das Kind meiner Alten sein müßte. Zu Hause trösten sie ihn. Hör nicht auf sie. Du bist unser Junge. Wir werden dich nie hergeben. Am nächsten Morgen ist die Mauer der Gerberei gegenüber mit Aufklebern gepflastert. Wo ist Simón Riquelo. Gerardos Vater reißt sie alle herunter.

Nur, wie sollte sie ihm begegnen, wenn ihn seine Eltern überallhin begleiteten, überall hinbrachten, von überall abholten. Zur übertriebenen Sorge um das einzige, lang ersehnte Kind kam jetzt die Angst, er könnte ihnen weggenommen werden, mit Gewalt, in ein Auto gelockt, entführt, auf Nimmerwiedersehen. Wer weiß, wozu diese Frau fähig ist. In der Schule, wo es möglich gewesen wäre, wollte Sara kein Treffen herbeiführen, um nicht den Direktor, die Lehrer zu kompromittieren.

Da war Mario. Gerardo und Mario hatten einander ewige Freundschaft geschworen. Marios Eltern waren Saras Freunde. Sie dachten, ihr und dem Jungen müsse geholfen werden. Eines Abends sprachen sie mit Mario. Auch er fand, Gerardo und der Frau müsse geholfen werden. Er wollte die beiden zusammenbringen. Er war stolz, daß ihm seine Eltern eine so schwierige Aufgabe anvertrauten. Er würde sie schon lösen.

An einem Frühlingstag, nachmittags gegen sechs, saß Sara auf einer Wiese der Parkanlage José Pedro Bellan und versuchte, in einem Buch zu lesen, kam aber über den ersten Satz nicht hinaus. Nicht weit von ihr, auf einer Bank, saß Mauricio; und drüben, am nördlichen Eingang zum Park, wartete Raúl. Sara schaute immer wieder hoch, in die Richtung, aus der die Jungen kommen sollten. Zu Hause hatte sie sich tagelang Sätze zurechtgelegt, den Tonfall geübt, alle denkbaren Reaktionen eingeplant. Dort, allein vor dem Spiegel, war es ihr gelungen, Gerardos Mißtrauen zu zerstreuen. Er war ihr, am Ende einer langen Aussprache, um den Hals gefallen, sie hatte, zwischen Lachen und Weinen, Mauricio herbeigewunken, oder der war, im richtigen Moment, von selbst gekommen, Gerardo, das ist dein Vater, Simóns Vater, und jetzt wird alles gut, du wirst schon sehen.

Um halb sieben, denn er hatte sich verspätet, läutete Mario bei Gerardo. Ich geh mich bei der Jungschar anmelden, kommst du mit. Mama! rief Gerardo. Mario geht in den Jugendklub. Darf ich mit? Erst machst du deine Schulaufgaben! Nur eine Stunde, Frau Morales, sagte Mario. Um halb acht sind wir zurück. Zully sah auf die Uhr. Also gut, sagte sie. Eine Stunde. Paßt auf, wenn ihr über die Straße geht. Und laßt euch von keinem Unbekannten ansprechen.

Mario war ungewöhnlich schweigsam. Was hast du, fragte Gerardo. Nichts. Doch, du hast was. Komm schon, erzähl.

Sara winkte, als sie die Jungen erkannte. Mario winkte zurück, lief auf sie zu. Gerardo zögerte. Setzt euch. Sie legte das Buch beiseite. Was macht die Schule. Läuft ganz gut, bis auf Mathematik. Weil der Lehrer viel zu schnell erklärt. Stimmts, Gerardo. Gerardo nickte, während er Grashalme rupfte. Er fühlte sich nicht wohl neben dieser Frau. Ihre heimlichen Blicke.

Immer wieder betrachtete sie ihn, obwohl sie sich doch mit Mario unterhielt. Dann wußten die beiden nicht weiter, und er hoffte, Mario werde sich verabschieden, damit sie endlich fortkamen. Irgendwie kam ihm die Frau bekannt vor. Gerade als er aufstehen wollte, sagte sie: Weißt du, wer ich bin. Und er: Nein. Und sie: Ich heiße Sara. Sara Méndez. Du hast sicher von mir gehört. Vielleicht bin ich deine Mutter.

Ich habe schon eine Mutter, erwiderte Gerardo.

Ja, du hast eine Mutter. Du hast Eltern. Aber du weißt, daß sie nicht deine wirklichen Eltern sind, auch wenn du sie wie Eltern liebst und sie dich wie einen Sohn lieben. Du mußt begreifen, daß du noch andere Eltern hast. Und daß sie dich nicht ausgesetzt haben. Du bist ihnen gestohlen worden. Sie haben dich überall gesucht.

Nein! Aufhören!

Nur einen Moment, sagte Sara. Bitte.

Aber da war der Junge schon aufgesprungen.

Gerardo, warte doch! Mario lief hinter ihm her.

Erst als er außer Sichtweite der Frau war, blieb Gerardo stehen. Verräter, sagte er und schüttelte Marios Arm ab. Du hast mich reingelegt. Du bist so gemein. Er heulte.

Zu Hause ging er gleich in sein Zimmer. Er warf sich aufs Bett und starrte an die Decke. Habt ihr euch gestritten, fragte seine Mutter beim Abendessen. Laß mich in Ruhe, sagte er.

12

Angesichts der Weigerung des Ehepaares Vázquez-Morales, auf außergerichtlichem Weg ein Übereinkommen zu erzielen, erstatteten Sara Méndez und Mauricio Gatti am 15. Juni 1989 vor dem Gericht für Strafsachen Nummer 5 Anzeige wegen Entziehung eines Minderjährigen aus der Macht der Erziehungsberechtigten und wegen falscher Beurkundung betreffend den Personenstand eines unehelichen Kindes. Sie ersuchten das Gericht, alle erforderlichen Maßnahmen zu treffen, die für die Untersuchung der angezeigten Tatbestände erforderlich seien. Weiters verlangten sie die Durchführung einer Blutuntersuchung, mit dem Ziel der Feststellung, ob der Minderjährige Gerardo Vázquez Morales mit ihrem leiblichen Sohn Simón Antonio Riquelo identisch sei.

Folgende Indizien würden diese Vermutung nähren: Erstens die Übereinstimmung der Daten. Simón wurde am 22. Juni 1976 geboren; als Gerardos Geburtstag gilt der 25. Juni 1976. Es besteht also eine Differenz von nur drei Tagen. Zweitens die Übereinstimmung der körperlichen Merkmale: heller Teint, brünettes Haar. Drittens die Tatsache, daß die Geburtsurkunde Gerardos, ohne Angabe von Gründen, erst am 29. Mai

1978 ausgestellt wurde. Es wäre zu klären, ob es sich um eine rechtmäßige Adoption handelt, welches Gericht sie bewilligt hat, und welche Erklärung in dem Adoptionsvertrag bezüglich der Herkunft des Kindes gegeben wird. Viertens die Tatsache, daß die Gattin des Kommandanten der ›Operation Orletti‹, in deren Verlauf Sara Méndez verschleppt und gefoltert worden war, eine Kusine der Adoptivmutter Zully Mary Morales ist und daß zwischen beiden Frauen ein reger Kontakt bestanden hat. Fünftens die widersprüchlichen Aussagen der Adoptiveltern hinsichtlich des Auffindens des Jungen und wie sie mit ihm bekannt geworden seien. Sechstens die Weigerung des Ehepaares Vázquez-Morales, Blutuntersuchungen vornehmen zu lassen, deren Ergebnis es gestatten würde, Sara Méndez und Mauricio Gatti als biologische Eltern auszuscheiden oder, widrigenfalls, die Richtigkeit der vorgebrachten Behauptung zu bestätigen.

Der mit der Untersuchung beauftragte Richter Dardo Preza, der schon in den Jahren 1985 und 1986 Anzeigen wegen Menschenrechtsverletzungen entgegengenommen und jeden Fall ungewöhnlich hartnäkkig verfolgt hatte, ließ die Adoptiveltern vorladen, die Zullys verwandtschaftliche Beziehungen mit Burattis Frau nicht in Abrede stellten; Rodríguez Buratti weiß von dieser Geschichte, erklärte Vázquez, aber er sagt, er hat ein reines Gewissen. Er hat für den Geheimdienst der Armee gearbeitet, aber wir sollen uns keine

Sorgen machen, denn er hat mit der Sache nichts zu tun. Auf die Blutprobe angesprochen, meinten Vázquez und Morales übereinstimmend, für sie als Eltern gebe es keinen triftigen Grund, ihren Sohn einer solchen Prozedur zu unterziehen. Zully Morales behauptete, sie habe sich nur an das Gesetz gehalten, kein Militär habe ihr das Kind zugeschoben, und wenn die Leute diesen Buratti unbedingt kriegen wollten, sollten sie ihn wegen was anderem verfolgen, aber nicht wegen Gerardo; sie, Zully, könne nichts dafür, daß ihre Kusine einen Offizier geheiratet habe.

Dann befragte Dardo Preza auch seine Amtskollegin Varela de Motta. Sie bestätigte die Angaben des Ehepaares, wonach sie als Richterin am Pflegschaftsgericht ein Findelkind, das neben einer Haustür gefunden worden war, zu Carlos Vázquez und Zully Morales in Pflege gegeben hatte. Ich erinnere mich, sagte sie, daß ich in großer Sorge war, vor allem der Frau wegen. Die Ärzte hatten bei ihr absolute Sterilität diagnostiziert, was sich auf ihr psychisches Befinden sehr ungünstig ausgewirkt hatte. Außerdem arbeitete sie nicht außer Haus, und das verschlimmerte noch ihren Gemütszustand. Zwar habe auch die Gattin des Mannes, der es gefunden hatte, das Kind adoptieren wollen, aber aus den genannten Gründen, und weil Vázquez-Morales auf der Warteliste, die das Gericht parallel zum Jugendamt führte, an erster Stelle standen, habe sie eine Beamtin angewiesen, den beiden mitzuteilen, daß ihnen das Kind überantwortet werde – falls sie es noch wollten, selbstverständlich. Von einer nachträglichen Eintragung ins Geburtenbuch sei ihr nichts bekannt. Hingegen könne sie bezeugen, daß die Adoption bewilligt worden sei.

Im August 1989 wurde Dardo Preza zu seiner Überraschung an ein anderes Gericht versetzt, nachdem er in der Angelegenheit den Staatsanwalt um Stellungnahme ersucht hatte. Den Fall übernahm ein junger, unerfahrener Richter namens Tabaré Sosa. Er befragte Eduardo Cauterucci Pérez, der den Jungen seinerzeit gefunden hatte, und Elaine Lima, Cauteruccis Frau, die ihn so gern behalten hätte. Ihre Aussagen, die sie anfangs stockend, dann unter mancherlei Abschweifungen und geringfügigen Widersprüchen vorbrachten, bestätigten die Version der Adoptiveltern. Elaine Lima zeigte sich immer noch verärgert darüber, daß man ihr das Findelkind nicht zugesprochen hatte. Wo man den Jungen doch gerade ihnen vor die Tür gelegt habe. Eine weiße Haut habe er gehabt, braunes Haar, an die Augenfarbe könne sie sich nicht mehr erinnern.

Carlos Queirolo, den Tabaré Sosa ebenfalls vorlud, erklärte, der Fall sei ihm deshalb so gut in Erinnerung geblieben, weil ihm ein solcher in seiner langjährigen Tätigkeit als Arzt und Leiter des Waisenhauses nie wieder begegnet sei; entgegen aller Erwartung sei der Junge bei guter Gesundheit gewesen, auch in psychosomatischer Hinsicht voll entwickelt. Daraus folgt, daß er aus einer Familie stammt, die sich viel um ihn gekümmert hat. Schwer zu sagen, was seine Mutter bewogen hat, sich von ihm zu trennen. Armut oder Krankheit scheiden als Motiv jedenfalls aus.

Offenbar hatte sich im Zuge der Untersuchung der Verdacht erhärtet, daß Gerardo tatsächlich Simón sei, denn Mitte November ließ Richter Sosa der Regierung das Ergebnis seiner Ermittlungen zukommen, mit dem Ersuchen um Prüfung, ob der Fall wegen der Verstrikkung eines Militärs, des Oberstleutnants Rodríguez Buratti, unter die Bestimmungen des Amnestiegesetzes falle. Außerdem fragte er an, ob die Regierung ihrerseits Nachforschungen nach dem verschwundenen Kind Simón Riquelo angestellt habe, wozu sie nach Artikel 4 des Gesetzes verpflichtet war.

Am 29. November wurde der Bescheid der Regierung ausgefertigt. Präsident Julio María Sanguinetti und Verteidigungsminister Hugo Medina, General in Reserve, beehrten sich, auf die Bestimmungen des Gesetzes über die Hinfälligkeit des Strafrechtsanspruches des Staates zu verweisen. Im Fall des Minderjährigen Simón Riquelo ist zu beachten, daß er in Argentinien entführt wurde, weshalb die Ermittlungen der zur Anzeige gebrachten Tatbestände gegebenenfalls der Rechtsordnung jenes Landes unterliegen. Auch wenn dabei Staatsbürger der Republik Uruguay als mutmaßliche Beteiligte genannt werden, so stehen laut den Bestimmungen unserer Gesetzgebung (insbesondere der Paragraphen über verjährte Straftaten) die davon betroffenen Bürger außerhalb des Anwendungsbereiches der hierzulande gültigen Gesetze. Mit vorzüglicher Hochachtung.

Tabaré Sosas Urteil erging am 16. Februar 1990. Die Ermittlungen seien einzustellen, der Akt zu schließen. Zur Begründung führte er aus: Der Fall, der in der modernen Rechtssprechung einzigartig dasteht, zerfällt bei näherer Betrachtung in zwei Teile. Einerseits Simóns Entführung in Buenos Aires. Sie ist, da sie unter die Bestimmungen des Amnestiegesetzes fällt, nicht weiter zu ahnden. Andererseits die Adoption in Montevideo. Für deren Beurteilung ist in Betracht zu ziehen, daß bei der Adoption des Kindes mit Namen Gerardo kein gesetzwidriges Vorgehen festzustellen war. Es besteht demnach kein Grund, das Ehepaar Vázquez-Morales zu veranlassen, in eine Blutprobe einzuwilligen. Selbst wenn diese Untersuchung durchgeführt werden sollte und den Schluß nahelegte, daß Gerardo Simón sei, wären Gerardos Adoptiveltern als unschuldig anzusehen.

In seiner Urteilsbegründung unterließ es der Richter, darauf hinzuweisen, daß er keinen Versuch unternommen hatte, Gerardos Identität festzustellen. Er hatte auch darauf verzichtet, Buratti vorzuladen. Außerdem lag es ihm fern, die Weigerung der Adoptiveltern, eine Blutprobe vorzunehmen, als Behinderung der Justiz oder als Verschleierung einer strafbaren

Handlung zu deuten. Er ging mit keinem Wort auf die Aussage des Arztes Dr. Queirolo ein. Er verschwieg, daß er nicht der Frage nachgegangen war, weshalb den Adoptiveltern das Kind direkt von der Richterin und nicht, wie üblich, vom Jugendamt vermittelt worden sei. Statt dessen empfahl er der klagenden Partei, den Fall auf zivilrechtlichem Weg weiter zu verfolgen.

Also stellten Sara und Mauricio vor einem Zivilgericht Antrag auf Durchführung der Blutprobe an Gerardo Vázquez Morales mit dem Ziel der Feststellung seiner Identität. Im Juni 1990 wurde ihre Eingabe an das Familiengericht Nummer 32 weitergeleitet; die zuständige Richterin, Susana Toscano, gab dem Antrag statt und verfügte, daß die Blutuntersuchung als einleitende Maßnahme durchzuführen sei. Dagegen erhob der Anwalt der Adoptiveltern namens seiner Mandanten Rekurs. Toscano verwarf die Grundlagen des Rechtsmittels und verfügte ein zweites Mal die Durchführung der Blutuntersuchung. Wieder legten die Adoptiveltern Rekurs ein. Am 8. Dezember, wenige Stunden vor dem Termin, an dem das serologische und erbbiologische Gutachten erstellt werden sollte, setzte das Berufungsgericht die Verfügung des Erstgerichts außer Kraft. Am 21. März 1991 wurde Gerardo vorgeladen. Er erklärte, er werde eine Blutprobe unter keinen Umständen an sich vornehmen lassen. Seine biologischen Eltern wolle er nicht kennenlernen.

Drei Wochen später starb Mauricio. Das Herz, hieß

es, habe seiner Unrast nicht länger standgehalten. Sara war ganz ruhig, als sie die Nachricht vernahm. Sie schämte sich, weil sie gleich an den Tonkrug denken mußte, den Mauricio in den Tagen zuvor entworfen hatte, als Willkommensgeschenk für Gerardo/Simón. Der Krug ist nicht fertig geworden. Sie schämte sich auch für den zweiten Gedanken, der ihr durch den Kopf ging, Gott sei Dank hat sich Mauricio rechtzeitig Blut abnehmen lassen, für den Vaterschaftstest. Sie wurde so entsetzlich müde, empfand immer noch keinen Schmerz. Sie dachte: Jetzt ist Simón Halbwaise. Nichts wird mehr so, wie es hätte werden können. Sie sah sich, als sie über die Straße ging, in der Glastür eines Cafés gespiegelt und erschrak; ihr Gesicht, sonst voller Ruhe und Zutrauen, hatte sich zu einer Maske gespannt, die weichen Wangen, das runde Kinn waren wie aus Stein.

Die Entscheidung des Berufungsgerichts war für Mitte Mai in Aussicht gestellt worden. Schon Wochen vor dem Termin beschäftigte sie die Öffentlichkeit des Landes. Psychologen, Juristen, eine Gruppe weiblicher Abgeordneter, Vertreter nationaler wie internationaler Menschenrechtsorganisationen sprachen sich für das unverbrüchliche Recht des Kindes aus, um seine Identität zu wissen. Es wurde vermutet, daß Regierungskreise auf den Fortgang der Ermittlungen Einfluß genommen hatten; Frau Toscano sei angeblich Pressionen ausgesetzt gewesen.

Am frühen Morgen des 15. Mai war die Straße vor dem Gerichtsgebäude schwarz von Menschen. Der ›Fall Simón Riquelo‹ hatte ihre Gemüter erregt, und es wurde darüber gestritten, wer die echte und wer die falsche Mutter sei. Zu Mittag teilte das Gericht den beiden Parteien – Sara und dem Ehepaar Vázquez-Morales – mit, daß die Urteilsverkündung wegen Erkrankung seines Vorsitzenden verschoben werden müsse. Feiges Juristenpack, die Leute waren entrüstet. Pfiffe gellten, als Gerardos Adoptiveltern das Gebäude verließen. Sie wurden ausgebuht, von Männern, die später beobachtet wurden, wie sie sich mit Funkgeräten untereinander verständigten. Provokateure, vom Geheimdienst.

Tags darauf gewährten Gerardos Adoptiveltern einer Reporterin des Fernsehsenders ›Canal 10‹ ein Interview. Sie erklärten, aufgrund der feindseligen Stimmung jedes Vertrauen in eine korrekte Abwicklung der Blutprobe verloren zu haben. Würden sie jetzt nachgeben, stünden anderntags Millionen Landsleute vor der Tür, um ebenfalls Anspruch auf ihr Kind zu erheben. Sie warfen Sara vor, den Fall in einem unzumutbaren Ausmaß politisiert zu haben. Es werde gar der Anschein erweckt, daß Gerardo dem ganzen Volk gehört. Aber er gehöre ihnen, keinem sonst.

Zully Morales sagte, sie könne sich durchaus in die Lage dieser Frau versetzen. Méndez habe Schreckliches mitgemacht. Es sei verständlich, daß sie ihr Kind um jeden Preis finden will. Aber Gerardo sei nicht Simón. Sie möge ihr Kind woanders suchen. Soll sie doch zu diesem Offizier gehen, mit dem ich verschwägert bin. Warum redet sie nicht mit ihm. Wovor hat sie Angst. Wir leben doch in einer Demokratie.

Im übrigen habe Gerardo nie den Wunsch geäußert, Sara kennenzulernen. Er habe sie nur einmal gesehen, im Fernsehen. Da habe er gesagt: Diese Alte ist es? Wer ist Simón? Das seien seine Worte gewesen.

Gerardo lehnt die Blutprobe rundweg ab, sagte Carlos Vázquez. Er habe es vor Gericht gesagt, sie hätten keinen Druck auf ihn ausgeübt. Aber sie wollten ihm kein Hindernis in den Weg legen. Sollte er später einmal den Wunsch äußern, zu erfahren, ob er nicht doch Simón ist, wären sie die ersten, die ihn darin unterstützen würden. Und Zully Morales sagte: Sie würde nicht mehr ruhig schlafen können, wenn sie wirklich Simón hätte. Wenn er ihr von Militärs verschafft worden wäre. Dann hätte sie kein Herz. Dann wäre sie keine Mutter. Und er wäre recht eigentlich ein Monster.

Auch Gerardo meldete sich zu Wort. In der Tageszeitung ›La Mañana‹ vom 18. Mai 1991 bat er, in Ruhe gelassen zu werden. Es muß ein für allemal klar sein, daß ich Gerardo Vázquez bin. Ich bin nicht Simón. Und weiter: Sogar wenn sich herausstellen sollte, daß ich Simón Riquelo bin, wäre mit das egal. Eine Mutter ist, wer ein Kind erzieht, wer ihm Liebe und Geborgenheit schenkt, nicht wer es zur Welt bringt. Ich will bei meinen Eltern bleiben. Sie gefallen mir so, wie sie sind. Sie verheimlichen mir nie was. Sie haben mir zum Beispiel gesagt, daß sie mich adoptiert haben. Schon als ich ganz klein war. Sie haben gesagt, schau, du bist das Kind unseres Herzens. Sie sind zu mir immer ehrlich gewesen. Ich bin gern bei ihnen. Es ist schön, eine richtige Familie zu haben. Am schönsten ist es, wenn wir zu dritt ausgehen, in ein Restaurant oder so, oder wenn Papa und ich ins Stadion gehen. Mama interessiert sich nicht für Fußball. Papa und ich schauen uns jedes Heimspiel von Peñarol Montevideo an. Ich finde es toll, neben Papa auf der Tribüne zu sitzen. Da merke ich, daß er mein bester Freund ist – Vater und Freund zugleich.

In dem Zeitungsartikel stand, Gerardo sei ein ganz normaler Jugendlicher, der sich außer für Fußball für Musik begeistert, der gerne zeichnet und liest. In seinem Regal stünden Bücher von Jules Verne, Alexandre Dumas und Horacio Quiroga.

Quiroga gefällt mir besonders. Weil er die Stimmung im Urwald so gut beschreibt. Er bringt einen zum Nachdenken. Am liebsten habe ich eine Erzählung, die *El hijo* heißt, ›Der Sohn‹. Sie handelt von einem Mann, einem Witwer, der mit seinem Sohn im Urwald lebt. Eines Tages erlaubt er ihm, allein auf die Jagd zu gehen, mit der Flinte. Nach einer Weile hört er zwei Schüsse und denkt, das ist mein Sohn, er hat ein Reh geschossen, bald wird er zurück sein. Aber die Stunden vergehen, und der Sohn kommt nicht. Da geht er ihn suchen, schon ganz verzweifelt, und findet ihn – tot. Der Junge hat sich aus Versehen selbst getötet. Aber der Mann bildet sich ein, daß sein Sohn noch lebt. Und er umarmt die Leere, so steht es wörtlich im Buch, »er umarmt die Leere« und geht neben seinem toten Sohn her und redet mit ihm. – Mit dieser Geschichte will uns Quiroga sagen, daß man achtgeben soll. Der Mann hätte seinen Sohn nicht allein lassen dürfen. Das ist eine Warnung an die Eltern, vor den Gefahren, die überall lauern, zum Beispiel auf der Straße. Der Vater ist ja kein schlechter Mensch. Aber er hat sich zu wenig um sein Kind gekümmert.

Saras unermüdliches Verstehen: Gerardo sei gezwungen, so zu reagieren. Er habe nie nach seinen wirklichen Eltern gesucht. Und dann sei für ihn alles zu früh gekommen. Er sei in eine Lage gezwungen worden, der er sich, später einmal, wahrscheinlich aus freien Stücken ausgesetzt hätte. Logisch, daß er sich ihr verweigere. Da sei auch ein Vorwurf an sie. Der Vorwurf, warum habt ihr nicht besser aufgepaßt.

Gerardos Lieblingsgeschichte erinnerte Sara an einen Abend in einem Gewerkschaftsheim. Ein Videofilm war vorgeführt worden, in dem Simóns Schicksal zur Sprache kam. Neben Sara war eine Frau mit ihrer kleinen Tochter gesessen. Die Frau hatte auf Sara gezeigt und geflüstert: Das ist die Mama von Simón.

Simón, das Kind, das ihr gestohlen worden ist. Da hatte das Mädchen Sara angeschaut und gesagt: Warum hast du ihn dir wegnehmen lassen? Warum hast du dich nicht mehr um ihn gekümmert?

Im Grunde sei es dieser Vorwurf. Wie unvorsichtig von dir. Wie konntest du es zulassen. Jetzt hast du die Bescherung. Schau selber, wie du mit deinem Schmerz fertig wirst.

Am 22. Mai 1991 fällte das Berufungsgericht sein Urteil. Es hob die von Frau Toscano getroffene Anordnung, eine Blutuntersuchung vorzunehmen, aus verfahrensrechtlichen Gründen auf. Eine solche Maßnahme sei nur im Rahmen eines Verfahrens zur Annullierung der Adoption zulässig. Davor aber war Sara, mit Rücksicht auf Gerardo und seine Adoptiveltern, bisher zurückgeschreckt. Jetzt sah sie keinen anderen Weg. Deshalb stellte sie im September den Antrag, die Adoption des Minderjährigen Gerardo Vázquez Morales aufzuheben. Wieder war Susana Toscano vom Familiengericht Nummer 32 mit dem Fall befaßt, wieder ordnete sie – fast ein Jahr später, im August 1992 – die Durchführung einer Blutuntersuchung an, wieder legten die Adoptiveltern Berufung ein. Auch der zu Gerardos gerichtlichem Vertreter bestimmte Jurist Enrique Véscovi meldete Einspruch an. Er begründete ihn damit, daß die klagende Partei keine Beweise vorgelegt habe, die ihr Verlangen hinreichend rechtfertigen würden. Carlos Vázquez und Zully Morales dagegen verwiesen auf das Recht jedes Menschen, Entscheidungen über seinen Körper selbst zu treffen.

Wieder ein Jahr später, am 6. Oktober 1993, gelangte das Berufungsgericht zur Erkenntnis, daß das Ergebnis einer Blutuntersuchung als Beweismittel zulässig sei. Allerdings gelte es, die Folgen eines serologischen Gutachtens für die psychische Gesundheit und die Persönlichkeitsstruktur des Minderjährigen gegen die berechtigten Interessen der Klägerin abzuwägen. Es sei zu beachten, daß es der Minderjährige im Alter von vierzehn Jahren, dann mit sechzehn und nun mit siebzehn abgelehnt hat, seine biologischen Eltern kennenzulernen. Der Anspruch auf Feststellung seiner Identität dürfe nicht gegen Gerardos erklärten Willen durchgesetzt werden. Andererseits müsse die Weigerung des Minderjährigen, sich einer Blutuntersuchung zu unterziehen, als Indiz dafür gewertet werden, daß Sara Méndez die leibliche Mutter ist, und dies sei hiermit festgehalten.

Am 17. Oktober bekräftigte Gerardo seinen Entschluß, sich keinesfalls einer Blutprobe zu unterziehen. Das wurde der klagenden Partei, auf deren Anfrage, erst im Mai 1994 mitgeteilt.

Anfang Juni erinnerten Saras Anwälte das Familiengericht an ihren Antrag, zur Beweisaufnahme weitere Zeugen vorzuladen, nämlich den Oberstleutnant Juan Antonio Rodríguez Buratti und den früheren Präsidenten Dr. Julio María Sanguinetti, der einst erklärt hatte, daß der Fall aufgrund der Bestimmungen des Amnestiegesetzes nicht weiter zu verfolgen sei. Frau Diver Rial, die inzwischen Susana Toscano als zuständige Richterin abgelöst hatte, gab dem Antrag gegen den Widerstand von Gerardos gerichtlichem Vertreter statt.

Sanguinetti wurde am 15. August 1994 einvernommen. Er könne sich, wegen der zahllosen Verpflichtungen seither, an den konkreten Fall nicht erinnern. Der Bescheid seiner Regierung sei auf der Grundlage ausführlicher Gutachten erstellt worden, es habe damit wohl seine Bewandtnis. – Buratti hatte erst der zweiten Vorladung Folge geleistet. Am 8. August war er in Begleitung mehrerer Militärs bei Gericht erschienen. Er hatte auf die meisten Fragen die gleichen Antworten gegeben: »Ich weiß nicht«, »Ich erinnere mich nicht«, »Ich entschlage mich der Aussage«. Er habe nicht gewußt, daß uruguayische Militärs an Einsätzen in Argentinien beteiligt gewesen seien. Von dem unterirdischen Verlies am Bulevar Artigas habe er keine Kenntnis besessen. Mit dieser Frau, Sara Méndez, sei er nie im Leben zusammengetroffen; erst durch die Medien habe er von ihrer Existenz erfahren, und daß sie infame Anschuldigungen gegen ihn erhebe. – Nach seiner Einvernahme schrieb Sara: Es ist nicht leicht, jemandem begegnen zu müssen, dem es gegeben war, über das Schicksal deines Kindes zu verfügen, ihm beim Lügen zuzusehen, einem zynischen Spektakel beizuwohnen und es durch die eigene Anwesenheit zu legitimieren ... aber was hätte ich schon tun können.

Das sei vorläufig alles.

13

Zuende erzählen, was kein Ende erzählt.

Zum Beispiel die Geschichte von Mauricios Neffen Daniel Gatti. Der erste Teil der Geschichte spielt Mitte der achtziger Jahre. Daniel trifft, nach zehn Jahren im Exil, in Buenos Aires ein. Noch am Tag seiner Ankunft läuft er durch den Stadtteil Flores. Er sieht, was er von früher her kennt: Café, Backstube, Sodawasserfabrik. Er kommt an seiner ehemaligen Schule vorbei, dem Liceo Nacional J. J. Urquiza. Er gerät, fast gegen seinen Willen, wie er später schreiben wird, in eine schmale Straße, wo er vor einem Garagentor haltmacht. Vom Schriftzug über dem Tor sind nur vier Buchstaben übriggeblieben: o-t-t-i. Er betritt die Werkstatt. Er sieht zwei Männer in ölverschmierten Overalls, die sich über eine offene Motorhaube beugen. Er fragt, war hier Automotores Orletti. Er erhält keine Antwort. Er wiederholt die Frage. Du störst, Kleiner. Er macht ein paar Schritte. Er sieht eine grün gestrichene Treppe. Er denkt an seinen Vater. Da also ist es gewesen. Er merkt, daß ihm die beiden Männer gefolgt sind. Er will ihnen erklären, was ihn hierher geführt hat. Die Männer hören ihn nicht an. Der eine packt ihn an den Schultern, dreht ihn herum, stößt ihn

Richtung Ausgang. Laß dich nicht wieder blicken. Auf der Straße befällt ihn ein Gefühl von Wut, Trotz und Verlassenheit. Er fragt jeden Passanten: Automotores Orletti? Jeder Passant antwortet: O weh. Oje. Oho. Er geht die Straße hinunter. Nach vierzig Schritten ist rechts eine Mauer. Auf der Mauer steht ein Satz: In Orletti wurde gefoltert und getötet, und keiner hat was gesagt. Der Satz steht schon lange da. Daniel wird schreiben: Sie haben sich nicht einmal die Mühe gemacht, ihn zu übermalen. – Der zweite Teil der Geschichte spielt Anfang der neunziger Jahre in Montevideo, im Stadtteil Pocitos. Wieder ist Daniel Gatti zu Fuß unterwegs. Er geht an einer Villa vorbei. Die Fensterläden der Villa sind geschlossen. Er spricht einen korpulenten Mann an. Der Mann trägt einen grauen Anzug und eine gestreifte Krawatte. Da hinten, das Haus von Major Gavazzo. Was sagen Sie zu so einem Nachbarn? Der Mann schweigt, dann räuspert er sich. Es ist sein gutes Recht, hier zu wohnen. Niemand kann es ihm verwehren. Wir leben nicht mehr in der Vergangenheit. Er fragt eine Frau mit blond gefärbtem Haar. Sie ist 55 oder 57 Jahre alt. Sie sagt: Man hat Gavazzo nichts nachweisen können. Sitzt er im Gefängnis? Na also. Ein junger Mann im Tennisdress überquert die Straße. Im Vertrauen, sagt er, ich habe beim Plebiszit gegen das Gesetz gestimmt. Aber man muß auch vergessen können. Es gibt keine offenen Rechnungen mehr. Ob es uns paßt oder nicht.

Zum Beispiel die Geschichte des glühenden Patrioten José Nino Gavazzo. Gavazzo war in Ungnade gefallen, weil er gegen die Armeeführung konspiriert hatte. Er wurde im August 1978 in die Reserve versetzt, unternahm eine ausgedehnte Reise durch den Fernen Osten und betrieb, angeblich, einen schwungvollen Handel mit elektronischen Geräten. Nach dem Ende der Diktatur bemühte er sich um seine Rehabilitierung. Im September 1987 veröffentlichte er einen offenen Brief an den Verteidigungsminister, der Gavazzos Antrag auf Wiedereinstellung in den Aktivdienst abgelehnt hatte. Gavazzo schrieb: Seit Beginn der verbrecherischen Umtriebe, mittels derer die Heerscharen der Schatten und ohne Uniform versucht hatten, die bestehende Ordnung zu stürzen, bis zu meiner Versetzung in die Reserve hatte ich die Ehre, zusammen mit Soldaten zu Lande und zu Wasser, mit Inspektoren der Polizei, Mannschaft und Korps an vorderster Kampflinie die Freiheit dieser Republik zu verteidigen. Der Herr Minister, schrieb er, soll nicht vergessen, daß eine Flamme in der Seele jedes Soldaten von Uruguay lodert. Selbst stürmische Winde werden sie nicht zum Erlöschen bringen. In dem entscheidenden Augenblick, da jeder Widerstand gegen die Gewalt derer, die uns über kurz oder lang unterjochen wollen, vergebens scheint, werden die Bewaffneten Streitkräfte zur Stelle sein, um erneut NEIN zu sagen, denn dies ist das Land der Freien Menschen, und erneut, wie immer, werden sie mit ihrem Großzügigen Blut dem Unsrigen Respekt verschaffen, und dann, Herr Minister, wird ein alter Haudegen, ich nämlich, trotz des bürokratischen Unrechts, das ihm angetan wurde, aber voll Geistiger Spannkraft gemeinsam mit seinen Kameraden vorpreschen und aufs neue zum Kampf antreten, ohne vom Vaterland Genugtuung zu verlangen, oder Wiedergutmachung, oder wirtschaftliche Abgeltungen jedweder Art.

Erzählen, wie wenig sich erzählen läßt. Die Großstadt Montevideo ist nicht so groß, als daß im Lauf eines Jahrzehnts Opfer und Täter einander nicht über den Weg liefen. Als daß man nicht wüßte, bei welchen Geschäften einer heute Geld scheffelt. Mit wem und wann er sich vergnügt. Wo er sein Haupt zur Ruhe bettet. Trotzdem, von Gavazzo ließ sich lange Zeit nur erzählen, daß er von Leibwächtern umgeben ist, die bis an die Zähne bewaffnet sind. Und daß er ein Unternehmen führt, das auf den Schutz von Personen und Objekten spezialisiert ist. (Gerücht, unbestätigt, wonach Gavazzos Firma für die Sicherheitsmaßnahmen der Gefrierfischfabrik Fripur verantwortlich war. Die Arbeiterinnen von Fripur hatten im Winter 1993 sechsundsiebzig Tage lang gestreikt. Erst im Zuge ihres Kampfes erfuhr die Öffentlichkeit von den Zuständen im Betrieb: vom Drill, von der Hetze und davon, daß es den Frauen bei Strafe untersagt war, während der Arbeit miteinander zu reden; sie durften ihren Arbeitsplatz, bis auf eine Pause von fünfzehn Minuten, unter keinen Umständen verlassen, auch nicht, um die Toilette aufzusuchen oder sich verarzten zu lassen.) Weitere Gerüchte: Gavazzo habe in letzter Zeit Speck angesetzt. Er sei stark gealtert. Sein Haar sei ergraut. Er speise oft im Grillrestaurant ›Mi Tío‹ zu Abend. Seine Kinder hätten Privatschulen besucht. In der Klasse seiner Tochter sei eines Tages an der Tafel gestanden: Gavazzo ist ein Mörder. Die Tochter habe das weggewischt. Sie habe ihren Vater verteidigt. Er ist ein Retter des Vaterlandes. Er hat seine Pflicht getan.

Erzählen, daß Sara ihn nur einmal wiedergesehen hat. Das war im Jahre 1990, nach der Hochzeit seiner Tochter. Der Bräutigam, ein Offizier. Jemand hatte das Aufgebot gelesen und die Angehörigen eines Verschwundenen benachrichtigt. Als das Brautpaar das Standesamt verließ, warteten, am gegenüberliegenden Gehsteig, schon Frauen mit Fotos der Verschwundenen und mit einem Spruchband: »Wo sind unsere Kinder?« Die Hochzeitsgäste, Waffenkameraden in Uniform, fielen über die Demonstrantinnen her, zerschlugen die Tafeln, zerrissen das Transparent. Gavazzo, erzählt Sara, habe mit verschränkten Armen zugesehen.

Seit dem 6. Jänner 1995 befindet sich Gavazzo in Untersuchungshaft. Die Inhaber einer Druckerei hatten Anzeige gegen zwei Unbekannte erstattet, die ihnen befohlen hatten, brasilianische Banknoten zu fälschen. In der Folge waren sie von den beiden Männern bedroht und zur Zahlung von 10.000 Dollar verpflichtet worden. Einer der Männer wurde als der Polizeiinspektor Ricardo Medina identifiziert, der in den siebziger Jahren bei Gavazzos Einsätzen in Argentinien und Uruguay mitgewirkt hatte. Der zweite war Gavazzo selbst. Nach seiner Festnahme bezog Gavazzo im Zentralgefängnis von Montevideo eine Einzelzelle im siebten Stock mit eigenem Badezimmer, Aufenthaltsraum und einer begrünten Terrasse.

Erzählen, wie wenig sich von Oberstleutnant Rodríguez Buratti erzählen läßt. Ein Soldat, der seinen Dienst quittiert hatte, weil er sich nicht mitschuldig machen wollte, berichtet, daß Buratti binnen eines Jahres zweimal versetzt worden sei. Er habe die nötigen Führungsqualitäten vermissen lassen. Es sei ein offenes Geheimnis gewesen, daß an Burattis Stelle eigentlich Gavazzo das Kommando führte. Nur sei Buratti eben der Ranghöhere gewesen. Ein rechter Bauerntölpel, unbeholfen, mißtrauisch, abergläubisch.

Auch Buratti wurde längst in die Reserve versetzt. Es heißt, er wohnt in der Nähe des Hospital de Clínicas. Man weiß nicht, welchem Beruf er heute nachgeht. Anzunehmen, daß er sein Geld wie die meisten Offiziere im Import-Export-Geschäft verdient, oder als Besitzer eines Videoladens, der Raubkopien anbietet, oder als Teilhaber eines Radiosenders.

Burattis Frau habe im August 1976 ein Kind geboren, einen Buben. Sie habe nicht genug Milch gehabt, so sei der Junge in Burattis Dienstwagen mehrmals täglich zu einer Amme gebracht worden. Er sei von Geburt an behindert. Man spricht von Zuckungen, Krämpfen, epileptischen Anfällen. Einmal sei Buratti gesehen worden, wie er seinen Sohn, mit Blaulicht und Sirene, durch den Stoßverkehr manövriert habe, ins Krankenhaus. Burattis Sorge um das Kind paßt nicht zu den ungeschriebenen Verhaltensregeln der Militärs, die Behinderten immer in einer Mischung aus Haß und Ekel begegneten. Im Gefängnis hatten sie behinderten Angehörigen oft die Besuchserlaubnis versagt.

Angeblich hat sich Burattis Frau, auf eigene Kosten, am Tag von Simóns Verschwinden in Buenos Aires aufgehalten. Es ist schwer, den Beweis hierfür zu erbringen. Ferner wird erzählt: Buratti besitzt ein Sommerhaus im Badeort Floresta. Zufällig besitzt auch Frau Varela de Motta, seinerzeit Richterin am Gericht für Pflegschaftsangelegenheiten, ein Sommerhaus in Floresta. Ihre Nachbarn dort heißen zufällig Cabarcos. Der Rechtsanwalt Wilton Cabarcos hat das Ehepaar Vázquez-Morales zufällig vor Gericht vertreten. Zufällig hat die Frau des Anwalts jahrelang als Sekretärin der Richterin Varela de Motta gearbeitet. Zufällig hat Gerardo in Floresta seine Ferien verbracht.

Von Simón erzählen, beispielsweise. Nach einem Richterspruch, mit dem Saras Antrag abgewiesen worden war, seien Gerardos Eltern eine Torte kaufen gegangen. Gerardo sei erstaunt gewesen: Was ist los? Hat wer Geburtstag? Und sie: Nein, wir feiern, daß du nicht Simón bist.

Oder von Gerardo erzählen. In der Schule habe ein Lehrer einmal über Vererbung gesprochen. Ob und wie körperliche Eigenschaften von den Eltern auf die Kinder übergehen. Da habe sich Gerardo zu Wort gemeldet. Mir tut oft der Rücken weh. Weil mein Vater Probleme mit der Wirbelsäule hat, deshalb! In der Pause habe ihn der Lehrer beiseite genommen. Gerardo, das ist Unsinn. Herr Vázquez ist nicht dein leiblicher Vater. Aber ich muß zu ihm halten, habe Gerardo erwidert.

Oder von Sara erzählen: Wie sie vor einem Gerichtstermin, zu dem Susana Toscano alle Beteiligten geladen hatte, auf dem Gang wartete, und wie ein Halbwüchsiger an ihr vorüberging, wie er Grimassen schnitt, und wie sie ihn nicht erkannte. Das habe ihr zu denken gegeben.

1992 ist Gerardo von der Mittelschule abgegangen. Über seine weitere Ausbildung liegen einander widersprechende Angaben vor. Die einen behaupten, er geht auf die Berufsschule; die anderen, er besucht eine technische Fachschule. Offenbar will er schnell Geld verdienen. Sara hat auch gehört, daß Gerardo in letzter Zeit großen Wert auf Äußerlichkeiten legt. Daß er Hosen, Jacken, Schuhe dieser oder jener Marke tragen will. Ihr ist bang. Wie stellt man es an, fragt sie, daß die eigenen Kinder auch die wesentliche Seite des Lebens kennenlernen. Sara antwortet: Indem man sich auf die wesentliche Seite schlägt. Sie würde ihm raten: Kümmere dich nicht um Geld oder Prestige. Tu das, was dir wichtig ist. Lern, was du nicht weißt. Heb dir deine wahren Wünsche nicht für nachher auf. Überleg nicht, wie werde ich reich. Vielleicht wirst du reich, und du könntest nach Lust und Laune leben. Aber dann ist es zu spät.

Erzählen, was Sara nicht erzählt.

Zum Beispiel von einem Abend, an dem Gerardo mit seiner Murga in einem Armenviertel der Stadt auftrat. Am Ende der Vorstellung, noch während die Zuschauer klatschten, erhob sich Sara. Wie unter innerem Zwang ging sie nach vorn und umarmte ihn. Gerardo, zuerst verlegen. Dann wütend. Windet sich aus der Umarmung. Beschimpft Sara. Alte Hexe, gib endlich auf! Sara, wie sie aus dem Lichtkegel läuft, nach hinten, hinaus aufs unbeleuchtete Feld. Ein paar Minuten ist sie allein. Dann kommt sie zurück. Und fragt, als wäre nichts geschehen: Hat er nicht gut gespielt?

Erzählen, was Sara erzählt. Daß Zweifel und Überzeugung einander die Waage halten. Gerardo ist Simón, ist Simón wirklich Gerardo. Wird sie, für die andern, immer nur die Mutter eines Verschwundenen bleiben. Muß sie sich damit abfinden, die zu sein, die sie einmal gewesen ist. – Wenn sie von sich erzählt,

erzählt Sara auch von ihrer Freundin Flavia Shilling. Flavia war Brasilianerin, hatte aber in Uruguay auf seiten der Tupamaros gekämpft. Eine leidenschaftliche Revolutionärin, mit allen Stärken, mit allen Schwächen. Einst hatte sie überschwengliche Artikel geschrieben, zukunftstrunken und siegesgewiß. Während der Diktatur wurde sie gefaßt, gefoltert, galt lange Zeit als verschollen. Bis sie eines Tages ins Gefängnis von Punta de Rieles eingeliefert wurde. Ihren Idealen war sie treu geblieben, und doch hatte sie sich gewandelt. Jetzt war sie still, bedächtig, fast scheu. Bald nach ihrer Überstellung nach Punta de Rieles rollte in Brasilien eine große Kampagne an, man verlangte ihre Freilassung und veröffentlichte einen Band mit Flavias alten Reden und Aufsätzen. Ein Wärter schob ihr ein Exemplar des Buches in die Zelle, nachdem er einige besonders pathetische Stellen laut deklamiert hatte. Hohn der Aufseherinnen, Mißtrauen der Gefangenen. Flavia Shilling ließ sich nicht unterkriegen.

Zur eigenen Vergangenheit stehen, aber das Recht beanspruchen, mit ihr fertig zu werden. Nicht alles wegwerfen, nicht alles weitertragen. Das ist auch mein Weg, sagt Sara. Sie weiß, daß ihre Geschichte nicht zuende erzählt ist, es fehlen ein paar Seiten, oder viele, aber sie will nicht wissen, was noch kommen wird. Ein Leben, immerhin, ist mehr als eine Geschichte.

14

Sara an Simón. *Versuche, aus dem dichten Gewebe einiges hervorzuholen, von dem sich ablesen läßt, was uns widerfahren ist. Auch wenn ich glaube, Einsicht zu haben in vieles, ist alles jetzt so ineinander verschlungen, daß ich nur winziger Fäden habhaft werden kann. Du, an deinem Ort, besitzt größern Überblick, kannst vielleicht einmal, wenn dich meine Zeilen erreichen sollten, die Zusammenhänge deuten.*

Das Zitat auf S. 13 stammt aus Osvaldo Bayers Aufsatz ›Simón Radowitzky, ¿mártir o asesino?‹, das 14. Kapitel aus dem 3. Band der ›Ästhetik des Widerstands‹, von Peter Weiss.

Unter den vielen, die mir mit ihrem Wissen beigestanden sind, nenne ich Carlos Amorín, Franz Fluch, Ernesto Kroch, Mariela Salaberry und Graciela Salsamendi. Ferner danke ich den Mitarbeiterinnen des Movimiento de Participación Popular und des Servicio Paz y Justicia, Sektion Uruguay. Vor allem aber danke ich Sara Méndez, für ihren Mut, ihre Geduld, ihre Freundschaft. Für ihren Sohn Simón, wo und wer immer er ist, habe ich Saras Geschichte aufgeschrieben.

Erich Hackl im Diogenes Verlag

Auroras Anlaß

Erzählung

Eines Tages sah sich Aurora Rodríguez veranlaßt, ihre Tochter zu töten. So beginnt die außergewöhnliche Geschichte der Spanierin Aurora Rodríguez, die auf der Suche nach Selbstverwirklichung an die Schranken gesellschaftlicher Konventionen stößt und ihre Träume von einer besseren Welt von einer anderen, fähigeren Person realisiert sehen möchte: einer Frau, ihrer Tochter Hildegart.

»Bewundernswert ist die artistische Sicherheit, mit der Erich Hackl zu Werke geht, ist die Präzision, mit der dieser Schriftsteller Auroras Abenteuer protokolliert auf eine Weise, die uns, wenn der Aberwitz mit solcher Beiläufigkeit zur Sprache findet, nachhaltig in die größte Spannung versetzt. So daß wir fast nicht glauben mögen, daß sie sich tatsächlich zugetragen hat, diese Geschichte.«
Frankfurter Allgemeine Zeitung

»Kleistisch erzählt.« *Die Weltwoche, Zürich*

»Ein großartiges Debut.« *Le Monde, Paris*

Ausgezeichnet mit dem Aspekte-Literaturpreis 1987

Abschied von Sidonie

Erzählung

Erich Hackl ist einem unerhörten, jahrzehntelang verschwiegenen Fall nachgegangen; in einer knappen, präzisen Sprache erzählt er das bewegende Schicksal des Zigeunermädchens Sidonie Adlersburg, ihr kurzes Glück bei den Pflegeeltern und deren verzweifelte Bemühungen, das Kind vor dem ihm zugedachten Ende zu bewahren.

Abschied von Sidonie ist nicht nur eine Chronik der Gewalt, von ›Trägheit des Herzens‹ und Bestialität des Anstands, sondern auch eine Liebeserklärung an Menschen, die in großen wie in kleinen Zeiten Mitgefühl und Selbstachtung vor falsch verstandene Pflichterfüllung gestellt haben.

»Die Fähigkeit Hackls, aus den zur Meldung geschrumpften Fakten wieder die Wirklichkeit der Ereignisse zu entwickeln, die Präzision und zurückgehaltene Kraft der Sprache lassen an Kleist denken. Aber von Abhängigkeit, von Nachahmung gar kann die Rede nicht sein. Hier hat ein junger Autor den Mut, sich in gutgebauten Sätzen zu äußern, sich nicht quasi-experimentell zu geben, nicht um jeden Preis neu zu sein. Schon das ist eine Neuheit.«
Kyra Stromberg/Süddeutsche Zeitung, München

König Wamba

Ein Märchen. Mit Zeichnungen von Paul Flora

»Das Märchen von Macht, Usurpation, Sanftmut und List erzählt Hackl lakonisch, klar, ohne auf poetischen Stelzen zu schreiten. Er bringt seine Geschichte so rein, deutlich und sicher ins Wort, wie unverfälschte Märchenerzähler das können. Simplizität als Merkmal von Wahrheit – und Genie. Allerhöchstes Lesevergnügen!« *Ute Blaich/Die Zeit, Hamburg*

Sara und Simón

Eine endlose Geschichte

Die Geschichte einer jungen Frau namens Sara Méndez, die 1973 aus Uruguay flieht und in Argentinien den Kampf gegen das Regime fortsetzt. Ihren Sohn Simón muß sie zurücklassen – einen von Tausenden ›Verschwundenen‹.

»Eine der wichtigsten literarischen Innovationen dieses Jahrhunderts. Genau und mit beachtlicher Kenntnis der Verhältnisse beschreibt Hackl die Intrigen der Macht, die Untaten der Folterer und Mörder, die Winkelzüge politischer Repression.«
Süddeutsche Zeitung, München

»Drei Jahre hat Hackl für *Sara und Simón* vor Ort recherchiert, und das Ergebnis ist frei von Verkünderpathos. Ein schlichter, berührender Tatsachenbericht mit dem durch nichts zu übertreffenden Vorzug der Wahrheit.« *News, Wien*

»Hackl versteht es zu schreiben, daß der Leser atemlos bei der Sache bleibt.« *Salzburger Nachrichten*

In fester Umarmung

Geschichten und Berichte

Der Biographie unseres Jahrhunderts auf der Spur – so könnte man diese einfühlsamen Gedenkblätter, hellwachen Tagträume und spöttischen Sittenbilder nennen, in denen Erich Hackl von Aufruhr und Widerstand, Wut und Zärtlichkeit, Würde und Freundschaft erzählt.

Geschichten und Berichte, unter anderem über ein mitteleuropäisches Gelage und über die Winde, die dabei entschlüpfen; über Liebesbriefsteller und ihren zweifelhaften Nutzen; über einen Mörder und sein Gewissen; über Gedichte einer Frau, die immer alles gewußt hat, und über Gedichte einer Frau, die sich nie überschätzt hat; immer wieder über Menschen, denen der Autor zugetan ist – in fester Umarmung.

»Hackl erzählt zügig, in einer faszinierend klaren, transparenten Sprache. Knapper, präziser und schöner lassen sich individuelles Leid und gesellschaftliche Not, Mensch und Welt, nicht in Sätzen vereinen.«
Thomas Rothschild/Freitag, Berlin

Susanna Tamaro im Diogenes Verlag

»Die 1957 in Triest geborene italienische Autorin Susanna Tamaro, Großnichte Italo Svevos, ist eine hinreißende Fabuliererin mit frischer Phantasie, Poesie und Witz.« *Süddeutsche Zeitung, München*

»Dieser aufrichtige und klare Stil; diese Fähigkeit, das Leid der Schwachen und Schutzlosen zu zeichnen – sie hat es vermocht, mich zu rühren, ohne mich zu beschämen, nicht anders als es mir bei der Lektüre von *Oliver Twist* ergangen war oder bei bestimmten Seiten aus Kafkas *Amerika*.« *Federico Fellini*

»Eine der lebendigsten und schmerzlichsten Stimmen der jungen italienischen erzählenden Literatur. Transparent wie Kristall. Und stark. Und zart.«
Grazia, Mailand

Love
Fünf Erzählungen
Aus dem Italienischen
von Maja Pflug

Der kugelrunde Roberto
Deutsch von Maja Pflug

Geh, wohin dein Herz dich trägt
Roman. Deutsch von Maja Pflug

Die Demut des Blicks
Zwei Essays. Deutsch von Maja Pflug

Kopf in den Wolken
Roman. Deutsch von Ulrich Hartmann

Eine Kindheit
Erzählung. Deutsch von Maja Pflug

Der Zauberkreis
Ein Märchen für große und kleine Kinder.
Mit Bildern von Tony Ross. Deutsch von Ulrich Hartmann

Anima mundi
Roman. Deutsch von Maja Pflug

Andrzej Szczypiorski im Diogenes Verlag

»Ich beschreibe die totalitäre Herausforderung des zwanzigsten Jahrhunderts, weil das mein Leben, meine Erinnerung und meine Erfahrung ist.«
Andrzej Szczypiorski

»Andrzej Szczypiorski belegt, daß der Roman keineswegs tot ist, daß menschliche Schicksale im doppelten Sog der Geschichte und der Zeit noch immer, und zwar auf höchstem Niveau, in der Romanform darstellbar sind.« *Neue Zürcher Zeitung*

Die schöne Frau Seidenman
Roman. Aus dem Polnischen von Klaus Staemmler

Eine Messe für die Stadt Arras
Roman. Deutsch von Karin Wolff

Amerikanischer Whiskey
Erzählungen. Deutsch von Klaus Staemmler
Mit einem Vorwort des Autors zur deutschen Ausgabe

Notizen zum Stand der Dinge
Deutsch von Klaus Staemmler

Nacht, Tag und Nacht
Roman. Deutsch von Klaus Staemmler

Der Teufel im Graben
Roman. Deutsch von Anneliese Danka Spranger

Den Schatten fangen
Roman. Deutsch von Anneliese Danka Spranger

Selbstportrait mit Frau
Roman. Deutsch von Klaus Staemmler

Europa ist unterwegs
Essays und Reden. Deutsch von Klaus Staemmler und Winfried Lipscher

Urs Widmer im Diogenes Verlag

»Wer kann heute noch glitzernde, glücksüberstrahlte Idyllen erzählen? Wer eine Geschichte über den Golfkrieg und die A-Bombe? Wer ein Märchen für Erwachsene von – sagen wir: fünfzehn an? Und wer eine Liebesgeschichte über Lebende und Tote, die uns traurigfroh ans Herz geht? Die Antwort: Urs Widmer. Er kann all dies aufs Mal und all das ist, eine Rarität in der deutschen Literatur, tiefsinnig und extrem unterhaltend zugleich.«
Andreas Isenschmid/Die Zeit, Hamburg

Alois/Die Amsel im Regen im Garten
Zwei Erzählungen

Das Normale und die Sehnsucht
Essays und Geschichten

Die Forschungsreise
Ein Abenteuerroman

Die gelben Männer
Roman

Vom Fenster meines Hauses aus
Prosa

Schweizer Geschichten

Shakespeare's Geschichten
Alle Stücke von William Shakespeare, nacherzählt von Walter E. Richartz und Urs Widmer. In zwei Bänden

Das enge Land
Roman

Liebesnacht
Eine Erzählung

Die gestohlene Schöpfung
Ein Märchen

Indianersommer
Erzählung

Das Verschwinden der Chinesen im neuen Jahr
Mit einem Nachwort von H.C. Artmann

Auf auf, ihr Hirten! Die Kuh haut ab!
Kolumnen

Der Kongreß der Paläolepidopterologen
Roman

Das Paradies des Vergessens
Erzählung

Der blaue Siphon
Erzählung

Liebesbrief für Mary
Erzählung

Die sechste Puppe im Bauch der fünften Puppe im Bauch der vierten
und andere Überlegungen zur Literatur. Grazer Vorlesungen 1991

Im Kongo
Roman